滋事札

陳韻文

【引子】

以為給《滋事札》的文章已齊全，正要鬆口氣魂遊四海，編輯先生突然來話，說留了兩頁紙，讓我說說《滋事札》名字之由來。

從祖母的煙仔罐說起吧。一個圓罐，罐上有小蓋，蓋下一小洞，打從學人養雀，我就瞧圓罐身上那三個5字打主意。簡單！祖父逢周末搓麻雀，我請公公伯伯抽煙，殷勤奉上「三個五」。哈！不消兩個周末打發掉一罐香煙。吉罐拿去洗抹吹曬。大清早在家附近蹓躂；樹下伸長頸看可有柔絲自樹葉垂下，一眼逮着絲之末端吊着綠色小蟲，急開罐蓋，讓絲上小綠蟲垂垂進罐。一進，得咗，拿罐蓋割斷柔絲，推開蓋上小洞，讓小蟲透透氣。

好啦一樹之後又一樹，又一隻小綠蟲沿柔絲滑落煙罐；我連想到馬戲班內空中飛人，雙手抓住繩架，從一邊高處輕身飛向另一邊，對面那個抓緊橫木同時躍身起飛，瞬即翻個筋斗反腳勾繩架，兩手順勢一伸，把飛過來的伙伴接個正着，四手相接的剎那緊張刺激喝采聲嘩然，爆響的掌聲直似爆開兩人，二人直似失手跌墮了，舉座驚叫聲冒起，兩人赫然隨聲分墮寬敞彈牀，四面八方的憾動驟令巨大帳蓬盪然盪動。

樹下，幻覺驟然醒轉的剎那，忽覺指頭癢癢，瞪眼一瞧驚見小蟲自洞開的煙罐爬上我指頭，大驚揮手，甩不掉小蟲卻跌掉煙罐，三扒兩撥拾罐揮去小蟲，未蓋罐已急急腳回家。

祖母正好在拜神，偷她的眉鉗夾起小蟲，一條條放進籠中小磁杯內，又拿隻筷子撩蟲餵雀，期待籠中鳥似樹上雀吱吱叫，守住鳥籠卻不聞鳥聲，覺蹺蹊，轉身一看，赫然見籠中的小傢伙眼定定立着，木條上兩隻小腳力撐住胖身，越撐小肚皮越漲漲的漸往後傾，眼鼓鼓那麼一瞪，啪的往後傾倒，沒哼一聲，已經把我嚇壞。

「怎麼妳養魚又死，養雀又死。」祖父的司機悻然朝後鏡裏的我射兩眼。我不駁嘴，得靠他帶我去旺角的康樂街找隻不容易死的呀。

好哇，百鳥爭鳴的店好不熱鬧，我被沙啞而響亮的一聲吸引，轉頭見貌醜的鳥，好奇，問這喫什麼。牠呀，什麼都喫。我心動急問：是雄鳥嗎？叫什麼？

「豬屎渣。」

以為聽錯，以為他講粗口，不待我問第二句，他已轉向另一客人。

司機示意我去別的店，去附近茶樓見識見識；蹬上沿窗掛着鳥籠又雀友雲集的茶樓，聽前後左右交流的雀經雀聲，興奮似將錢罌裏的零錢倒出，五分五毫亂數，心底矛盾如搭檯阿伯叫的粉蒸牛肉，乾瞬瞬。司機四圍兜個圈，回來教我去聽人講鬥雀。去過啦，我說着推椅轉身下樓，他隨後建議，去看那好打得的豬屎渣吧！之後誇啦啦說這種鳥粗生粗養香港有的是，可捉一隻給我呢。

好呀。就等他去捉。

雀籠空着半個多月，哪有什麼可爭地盤的豬屎渣。倒沒想到若干年後，那令我念念不忘的豬屎渣竟然發揮另一種作用。

咯！《星島日報》的何錦玲小姐突然來電話，要給我一個二三百字的地盆，叫我構思專欄名字。一邊聊天我一邊動腦筋，許是何女士溫雅的談吐帶來靈感，我倏忽想到與豬屎渣同音不同字意的「滋事札」。她特地請當時得令的畫家蔡浩泉畫「滋事札」版頭。啊，那猶如企在木刻版畫上的醜鳥，這幾十年來我一直惦記。

移居法國之初，不只兩個星期天，老遠跑去城之島（L'Île-de-la-cite）——觀鳥。一檔接一檔的躢躂，沒看到「豬屎渣」，倒看見大籠內一字排開，不同顏色的彩鳥。今天猶感當日眼前的構圖與色彩。多年前已聞那兒商店日漸息微，去年底，當地政府更以環境衛生，及以雀鳥與小動物的福祉為由，禁止星期天在那兒做買賣。我不由得想到早年香港遷區營業的雀店，想念退休又健康日差的何錦玲女士，想到如馬戲班空中飛人的報刊同文，那許多身不由己的際遇，無數成敗得失繫於一時判斷差池。日昨跟某創作人提到所想所思，他比我更感慨，苦笑一句：「我的糖霜，你的砒霜。」

說到糖霜，剪存《滋事札》短文的陳進權先生，確如糖霜。從未謀面，每當我細閱舊文而敏感赧顏，必直覺他那雙眼在背後緊盯；心理作怪忙修拙文，走筆時感糖霜如靈犀，可也直覺是壓力。

去年八月，友自香港來言告知何女士已仙逝；我頓然想起二十多年前受了委屈，喪然摸上何女士在油麻地的辦公室，見她忙，無奈壓住要傾吐的衝動；她敢情見我不對勁，忙中湊身低勸：「世上沒什麼大不了的事呀陳韻文。」見我納悶，她約定從台灣返港再聚。果然幾天後在飯桌上她微笑說：「我帶了妳喜歡的台灣小青瓜。」

小青瓜的體型似我獨愛的 Guerlain 唇膏，盒套比一般唇膏的盒套更圓厚，握在掌中自有豐滿感覺，格外舒懷適意。送她一支作為紀念，她自小盒拉出唇膏的刹那，長型小鏡隨着出現，立在她身側我沒看到她瞧小鏡的眼神；第二支 Guerlain 因為請友人代轉，不曉得她可有用；原要親自送第三支，卻因新冠病毒未能回港，唇膏待在小抽屜內，待知她不辭而別，她已去遠，呆望原屬於她的那面小鏡，我見眸光中難以言盡的遺憾。

目錄

瀟灑去

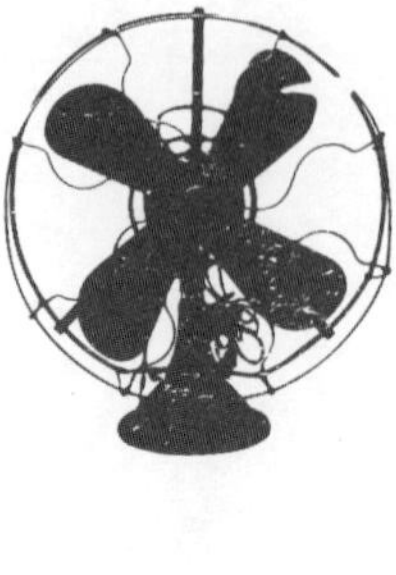

怔怔日頭下，窗外這段路氣息屏住，房舍的線條恍有莫明感應，如在側耳細聆，我背後的風扇也隨着悄然，啞靜。

斜坡下蜿延小路上，樹末長高，路中意念禿然，金髮少年穿着白色襯衣白短褲，色如象牙的高身塑料桶擱在腳踏車座前籃子內，少年以下巴穩住塑料桶緊抓住車把，他急腳踏動車輪。自行車在我窗扉前轉瞬掠過，之後路面又復安寧。路燈對矮樹對藍天，我又連想到那句話——日長籬落無人過。

矮牆的倒影在無腳印的柏油地上呆住，可有移分秒？是否我怔呆？稀薄樹蔭下的小坡路頭，少年不瞅不響踏着腳車回來，座前籃子已空無一物，少年和腳車在我窗前飛翔過，掠起瀟灑而無言的風，我背後的風扇欲語還休。

悄悄話

這條小路上就住着我們幾戶人家，除了我們這一戶，別的人家有四五歲的孩子，也有十一二歲的少年，更有新生嬰兒；那幾個年紀較大的放下書包就閒倚矮牆，或蹲在高樹下聊天，聊到將近父母下班時分，才無可如何回家修心養性，是這一夥的習慣。久而久之我在樓頭上見他們散開，自然曉得須準備晚膳了。

那些只有幾歲的小傢伙呀，喜歡午後去山腰前的草坪上嬉戲，或者在我屋前小路上踏腳車，灑脫似蜻蜓，即或沒讓我瞧見，房中聞那愉悅輕笑，我仍感滿室陽光。一天碰巧我閒着，聞外面嘻笑聲，我急急下樓打開大門，請眾小友喫冰淇淩、乳酪又或巧格力。看着他們興高采烈分着喫，七嘴八舌的絮絮嘟嘟，看着他們如彩蝶張翼，無牽無掛的兜幾個圈才回家，我蔚然舉目，見藍天白雲，覺這世界美好。

不只一天了，和小友們如此這般打交道，當中默契已自然成習慣，無比適意。

一天睡過了頭，午後猶閉窗垂簾，牀上懶慵我聞樓頭下有踏車聲經過，去遠了又繞回來，輕盈的車輪停在下面花圃邊依依不去；牀上我屏息靜待，良晌之後聞孩子對孩子悄悄私語：「若果她瞧見我們經過，會有巧格力呢。」

老友　老友

喜歡看見孩子偷笑，一見孩子偷笑，剎那間孩子一切動作都賞心悅目，說不出的美麗，只因孩子偷笑。

小渡輪上，見前座的孩子喫零食，越喫越知味，啊不亦樂乎，兩隻小胖腿那麼一撐，朗然站起，正好這剎那他回頭一看，瞥見我，見我嘴動

動，本能反應瞪大小圓眼，忙看我嚼個什麼。寶貝，我在學你嘴嚼呀。他見無「內容」，當即不理我不瞧我了。哈，我可是看得清楚，小傢伙只是轉動眼珠沒轉頭，小脖子依然耿耿，未動分毫。我敢肯定，稍停之後他會得全身動動。

果然未幾，深棕色的眼眸再盯住我，好哇，縮細嘴巴我嘴動動，動給他看，他偷偷笑了，回頭回眸偷瞄我，扶住小輪排椅的椅背緩緩移近，含住笑含住笑，好哇，要瞧清楚《月宮寶盒》裏面這個騎呢怪在喫個什麼嗎？那逗趣的模樣令我暈呀暈，沒提防他才貼近，突然抽手打我的臉，嚇得他母親趕忙捉住小手。恰恰在這關頭，渡輪泊岸，他母親迅即緊攬住他，不讓他動，他可是含住笑朝我看。定神定睛我們看着大家，都笑了，是老友瞧着老友笑。啊呵，你好嗎老友，笑啦老友。

零碎錢

未轉進尖沙嘴的行人隧道，即聞悽戚二胡聲，調兒耳詳，一聽頓覺是熟絡的奏樂人。進入隧道，果然見盲婦在那當中靠牆拉琴。她後側坐着一小女孩，五歲光景，眼神明亮懂事，見我們移近，羞澀地有點閃縮，一時拿不定主意應否舉缽，靦覥地咬唇笑笑。大概未習慣如此這般求生，及至見我探手進皮包，她倏地站起，眼中綻露的眸光無比純真。二話不說她將缽子遞前，接過錢迅即旋身將錢倒進盲婦身後的紅袋，然後精神爽利站着，望住隧道口，似乎沒覺察已經夜深。

我們繼續上路，朋友亦步亦趨，說：「她比我兒子更乾淨齊整。」這話意味什麼？不願多想，我只覺她腳下步聲不合拍，不因為這是夜深。

悶醉

一個夜晚，城中一知名老太婆要在送外孫女去英倫升學之前請客，說是家常便飯，她那幾瓶欵客的酒卻絕非等閒。衣冠楚楚的印度先生滴酒未沾已經叫好。據傳這先生在各色人種的文化圈甚吃得開，有傳他可能進甘地夫人的內閣呢。當晚他攜兒帶妻出現，十一歲的兒子完全不像舉手投足都充滿自信的父親，成年人餐桌上，這少年不識應對，只因父親眼神令他的英語失靈，即使對着老太婆那比他大幾歲的外孫女，他也結結巴巴。

酒過三巡，老太婆請客人移步，去偏廳享受飯後酒；孫女趁機溜掉，少年父母跟老太婆進書房去了，似有緊要事商量。書房的門閉牢，客人在這廳子內隨着音樂哼唱亂擺舞姿，少年呆呆的不知該如何擺放自己，要不是父親突然以手示意他去彈琴，他根本沒察覺父親已不聲不響在身側，他一動不動。父親可也沒有堅持，悶聲不響瞧那弧型落地窗，母親孤獨的坐在那邊，好像洩了氣。

「給他喝一點酒，讓他耍兩下功夫。」有人調侃。他父親強笑，拿過酒瓶，給自己添個滿杯。至夜深，語言含糊的與老太婆話別，他步步蹣跚。

少年扶父親上車，眼看着父親沉重落座，母親手搭駕駛盤的側臉，令先前那落地窗畔的孤獨身形一再泛現腦後，車廂內的低氣壓令人納悶；扶住車門，少年黯然醒覺到，父親今夜的悶醉，不因為他的表現不夠出色。

風流倜儻

那天「打書釘」之後悠然步出書店，經北京道花檔，見鮮花背後停着一垃圾車，幾名漢子俟在車後享受啤酒，忙裏偷閒的簡單笑容透汗光，骯髒的毛線手套隨意搭在一旁，閒適寫意，當中一較年輕的漢子，下身圍着大花布裙，扯起的裙角夾在褲頭內，蹺起腳他倚傍垃圾籮，握住冰凍的罐子昂首呷啤酒，談笑自若裙襬生風，那自然順手拂裙襬的一下動作，令路過的我乍覺自己笨拙，衣不稱身。

回到家，偏巧讀到報紙上一段文字，大條道理說不容易請到跟垃圾車的清潔工，實在難以置信，北京道所見栩栩如生，猶見微風輕拂的裙子下襬，工人手握的啤酒罐冰涼、在我掌心中依稀透涼。

寵壞

超級市場應該是我們女人的世界吧。作為女人，尤其是家庭主婦，進超市而矇查查不知自己要什麼，不可能吧。

一夜，飯後去飯館隔壁的小超市，進門見收銀處準備打烊，慌忙囑咐自己快快檢幾件必須品，情急推車，卻可恨，被前面女人遊魂似的阻頭阻勢；從背影見她衣着整齊，通常整齊的人比較守規矩，由是趨身禮貌的請她稍讓路，沒反應。我唯有把車子停在一邊，移身超前拿我要的鮮奶，豈料她夢遊似的橫步移身，瞄眼前冰架上排列的鮮奶。這下子我不由得轉頭看她，天哪！幾時進了臘像院？那光滑無瑕的臉皮，那呆滯目光與神情，嚇傻我。那當前，她眼光光瞪着那麼幾瓶鮮奶，似乎拿不定主意該要哪一瓶，而她伸出的那隻手，長指纖纖，似琴鍵上Clara Haskil的玉手。

「My sweet。」

後面自然的一聲親暱，男人移近，女人柔手一縮，嘆氣，卻沒轉頭，我拿了我要的鮮奶轉身走，聞背後她委婉小聲：

「你說要哪一瓶牛奶好呢？你說要那一瓶就那一瓶吧。」

未幾，收銀處那邊，又聞她跟在後面猶豫小聲：

「怎麼辦好呢，我找不到洗衣粉。」

嘿！她最初一步一猶豫阻我去路，正正是在那一排洗衣粉前面。

咖啡 咖啡

網紅威廉・李博士，醫學、科學家，紐約時報暢銷書作家，去年介紹他的作品《EAT TO BEAT DISEASE》（飲食戰勝疾病），曾提到每天喝二至三杯半咖啡，死亡風險可降百份之三十。據云這資料來自英國的「生命銀行」數據庫，是五十萬人參與了九年的內科研究成果。李博士指出咖啡可改善血液循環、激活幹細胞、改善腸道微生物組織、降低炎症、抗氧及促進新陳代謝；咖啡裏的綠原酸可改善免疫系統，而有機咖啡比傳統的咖啡豆含更多綠原酸呢。

李博士既然是醫生，又有醫學研究的豐富經驗，他說的話我照單全收，因見他形象健康，更因為我也天天喝兩三杯咖啡。巴赫有一部清唱劇，寫一嗜飲咖啡，又恨嫁恨到發燒的少女，竟然認為咖啡比一千個吻還要香甜。老爹氣煞，生怕女兒要咖啡不要嫁人，勒令她戒掉咖啡，又怕她沒咖啡調劑，濫愛男人，於是禁止她今天紅明天綠的在外招搖。少女懶理，實行五時花六時變，老爹遂來個交換條件，先讓她嫁人。好！少女一口應承，陰思思準備跟那「未婚夫」談判；咯！准喝咖啡才嫁，否則休娶我。心想出嫁後，在夫家作反，老爹管不着。由是想入非非。咖啡香濃，她輕啖咖啡，微笑。

三百年前少女若曉得咖啡可抗氧，又有新陳代謝作用，肯定更作反。老爹嘛，若知咖啡可延年益壽，肯定比女兒喝的更多，巴赫要改寫這清唱劇啦。

吞還是不吞

小女孩問媽媽：「紮頭髮那兩粒是豆嗎？」

「是。」

「哈！可以吞。」

嚇一跳，媽媽慌忙更正：「不！不可以吞，不能夠吞。那是波，波是不能喫的。」

小女孩不假思索回嘴：「波是大的，這兩粒很小。媽媽妳弄錯。這是豆，可以喫。」

那媽媽光着眼瞧着我瞧着我。盯着我幹嘛，是妳女兒，妳自己搞掂。那兩粒東西是什麼，妳自己想想。好笨呀，再糊塗，腦筋會得生鏽。

「妳為什麼不說話？」盯着我盯着我，她突然發急：「告訴我女兒那不是豆，是珠子珠子。不可以喫。」

好呀，腦筋轉彎啦。轉瞧那才五歲就曉得反叛的小妞，幾隻小指頭正摸住髮絲上那兩顆不辨是珠是豆的粒粒，定睛看着母親反應，小指頭捉住豆豆，偷偷又偷偷的將之順住髮絲滑下，滑下……噯，要吞這兩粒嗎？讓她吞了再說嗎？屏住氣，我定神瞧着那母親，髮絲上的圓粒在下滑，下滑……

小姐的長恨歌

過去不少人相信清如泉水的感情能久遠長流，能聽任自然的不爭朝夕；轉看今日，不少人的愛情觀念已異於從前，因被自少已調教的進取心影響，在事業上斤斤計較，連帶對感情也放一個隨時計算斤両的心眼，以致難以理喻的不甘後人，萬事務求進取。一些人，不管是否公眾人物，只要自覺頭頂有光環，樂此不疲廁身在可誇耀的平台上，展覽一己的喜怒哀樂，往往走火入魔連隱私也吊掛唇邊；至於那些被幻覺誤引的Wannabe，縱無平台無情人節，也別有心思炮製虛幻的情愛平台。

曾識一小姐，自覺天生麗質感情豐富，惜有情無從裝載，幾番為愛而愛自尋煩惱，不遂所求即尋短見。第一次，拿她當真，嚇得我裙甩褲甩跑去急症室。到第二回，腳步慢了，甫踏足病房，鮮花滿目，直似進了殯儀館，未及反應，一大花籃接踵至；軟臥牀上的小姐有氣無力拈起鮮花拱着的情人卡，瞥一眼順手一放，九級肺癆似的說呢：「這些男人，我不要他們偏偏要，真不聽話。」

她並不寂寞，她裙下春波漾漾。細讀花叢中大小卡片，「這些男人」的各式簽名，偏似出自同一胚胎。這小姐及時被發現又及時被搶救的第三次，我僥倖在千里外，沒湊上「熱鬧」。

一個情人節，時在晚宴前，又可算是晚宴後，香港地鐵列車內，一位青春將隨黃鶴去的小姐，一身似是霓裳舞衣，足下半根鞋可是羞澀，抱住似是歡猶未盡的大束鮮花，身畔可無護花之人，拱花的臘紙是不辨清濁的粉紫色，艷而不麗的朱唇勾住似是幸福滿溢的淺笑，眉絲細眼瞧着對座窗壁掩映可見的自己，那如墮五里霧的孤芳自賞模樣，乍然令我想起她老媽那年代，姚蘇蓉唱的一句「像霧又像花」。小姐大概整個晚上在那地底下，抱住不甘自棄的花束，轉站轉車廂的轉來轉去。

如此這般的平台好比三稜鏡，既可見各式面貌，又反映異樣心態，縱然自詡麗質天生，耳鬢嗡嗡幻幻似笙歌妙曼，難與人言說的寂寞何等昭然。

心眼不玲瓏的小姐，恁地強求浪漫？

失落的唐璜

看過一部意大利電影，題材取自中古情聖唐璜的艷遇，電影可是諷刺今日有些人，幹什麼都只顧以效率促進成果。

咯！中古的唐璜愛浪漫，爬上少女的陽台，求愛。今日唐璜為浪漫而浪漫，也爬上陽台，幾乎跌死；到得上面，滿以為少女羞人嗒嗒，可那少女怪問：「你怎麼不打正門進來？我媽也知道你會來，在樓下等門呢。」

乘噴射機飛來飛去的唐璜，偶遇印尼空姐，回教徒的神祕色彩令他思過半，之乎者也跟小姐進機場酒店纏綿，在未曾真個的浪漫關頭，空姐突然喊停，一個翻身，拿電話吩咐接線生：「麻煩你，半小時之後來個電話，提醒我，下面有車等着。」

掛線後空姐嫵媚解釋：「得趕下一班航機。」唐璜點頭，他那話兒可有點頭？弊！我連電影名字都忘記了。

求支玲瓏籤

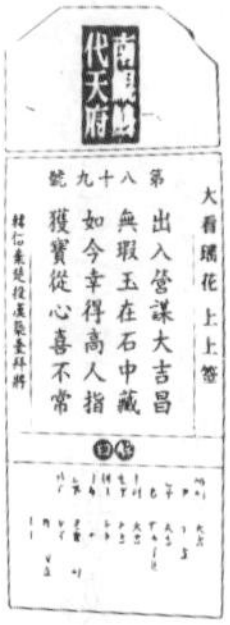

來自西歐的朋友，愛上此地一位年輕小姐。一天不曉得什麼機緣際會，與小姐途經遠鄉僻地的佛堂，莫名其妙跟小姐進去，也隨着燒香拜神、唸經！問他可知唸個什麼。哎！哎！這並不重要，他回道。我心想這傢伙眼中只有小姐，心中無佛。見我皺眉，他補充：「我相信！」

信佛？還是信小姐？他被問啞了。煞有介事從皮包內掏出一張卡片。哈！印刷認真精緻，字句玲瓏，是板眼分明的般若波羅密多心經。問他可知內容。他直截了當回道：「是祈禱文呀。」不讓我多問，又自皮包內抽出一張仔細摺好的小紙條，我一看，告訴他這是上籤，語音未落，他已然微笑點頭。「識幾個漢字，上中下三個字最容易記牢，十分象形呀！」他拈紙微笑。

那是八十九上籤。題為：大看瓊花，籤文是：

出入營謀大吉昌　似玉無瑕石裏藏

若得貴人來指引　斯時得寶喜風光

聽我解方讀籤文，他的灰藍眼眸溜來溜去，真不曉得這傢伙究竟接收到多少。我想算了，過兩年這傢伙可能跑來宣佈改信印度教。見他珍而重之摺好籤條，我忍不住促狹，裝模作樣說如何從哲學角度研究佛學。他霎着灰藍眼眸，似懂非懂唯唯諾諾，仍舊是那個表情那副德性。

過不了幾天，一夜從他的雙門房車鑽出，腰板未挺直，即聞小姐在後面跟他說：「應該換一部寶馬！」

嘿！他不假思索回道：「陳韻文告訴我，那上籤說我是無瑕寶玉藏在石頭裏，用不着駕駛名車招搖張揚。」

好！孺子可教。青出於藍呢。佛學哲學暫且擱下，先應心理需求解讀靈籤。即使拿到下下籤也大可給自己另一番解說。這才活得痛快清爽。

不可思議的男人

那年冬運，攜七名女強人參賽的意大利女明星蘇菲亞羅蘭，在風華正盛之年，曾經說過一句話，讓我們女人細細嚼嚼，也十分

同意，她說：「可愛的男人必須要有三分孩子氣。」

那無疑說：男人只需有七分男子氣。百分之一百的大男人是頤指氣使的豬玀。

「夫妻吵架硬要講最後一句話，結果越鬧越糟。要找下台階，不出幽默一招化解，不一笑置之，誰也下不了台。」

讀者諸君，各位看官，這番話可不是我說的，是從前男友的媽媽，一位慈祥老太太的教誨。那天，老先生要出門，穿鞋子的時候轉頭問老太太要襪子。

「什麼！你自己不曉得拿嗎？」

「手沒空！」

「手要來幹什麼？」

「左手拿報紙！」

「那右手呢？」

「插在褲袋裏！」

老先生吃吃笑把手插在褲袋裏，吃吃笑轉身看看花看看狗，哼兩句京曲。

如今老先生已乘仙鶴去，我見人微扭兩下脖子，哼兩句京片子，恍惚見老先生風度翩翩立在身前，手插在褲袋裏。

又有一個朋友，喜歡和我抬槓。人家與他研究沙發椅套的款式，他問：「有腳沒有？」

「有。」

「瘦不瘦？」見那人一頭霧水，他指一指我那兩條腿：「似她那麼腳瘦瘦，用裙子蓋住。」

我見他經常失戀，跟他說我這個女友不錯又那個女友頂呱呱。

他轉頭語我身側那更好的一半：「你老婆若果去推銷二手車，肯定一流！」

這傢伙終於討了個媳婦。一天打開報紙煞有其事對彩票號碼，太太在旁緊張的一疊連聲問：「怎麼樣？中了沒有？中了沒有？」

他長嘆一聲：「唉！還跟妳說話，就是沒中咯！」

這傢伙也去了極樂！送他歸西那天，我哭得死去活來，想到他的風趣幽默，又忍不住笑。男人能使女人笑七分，哭三分，可令女人懷念。

拖鞋公子

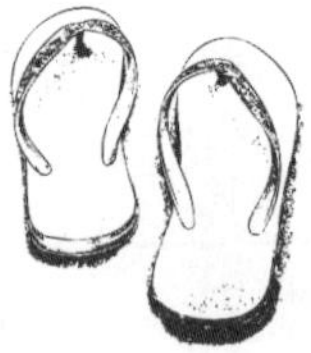

某夜，一行人去灣仔那著名雲吞麵店宵夜，正點菜，見一個二十多歲的男人，大格子晨褸蓋住粗條子睡褲，腳踏人字拖鞋，拖屐似的進門來，跟在他背後是缺乏運動的長毛大髒狗。他呢，拉開隣桌一張木椅，把屁股放上，施施然打個呵欠問伙記要麵，然後等麵；一抽晨褸一扯褲管大腳一蹺，連同拖鞋擱到對面椅子上。那頭狗司空見慣的伸伸舌頭搖尾看着，一見他安座迅即抖抖身，鬆鬆毛，磨蹭過來；他見我們緊張，不屑一顧的嘴一掛手一伸，撫摸狗背，又順手掃掃那已呈蝦肉之色的格子晨褸，表示他也愛乾淨呢。之後，公子公子的吮煙，公子公子的吮麵，然後，公子公子的拍拍狗，推椅離身，輕蔑地瞟我們一眼。我這才看見那雙應白不白的眼珠，呈蝦肉之色。

季節

WRIGLEY'S
SPEARMINT
SUGARFREE GUM
WRIGLEY'S
DOUBLEMINT
SUGARFREE GUM

對着尖沙嘴碼頭，那輪候營業車的圍欄外，總見一老人緩緩趨向經過他身前的人，捧住一盒香口膠，以眼神禮貌地與人接觸，見人冷漠別轉頭，或對遞前的盒子搖頭，老人嘴角依然勾住隨和的微笑轉身，轉向另一客人。在大熱天，老人這神態是清涼如水的寫意。

冬天，老人身上還是那套衣褲吧，未換裝，仍在欄邊捧住盒子，盒中有令人對春天的期待。我本不愛香口膠，見盒中黃白綠三種條子，我總忍不住伸手，拈起心中季節。冬天，不多見老人，我在碼頭上的欄畔候車，若然沒遇上那禮貌傳意的眼神，心中自然不成氣候，生怕長久不見，春夏秋冬失序，亂了套。

先生

菜市上有位先生，專門賣牛肉，可又不似只為賣牛肉謀生；他外表斯文，衣着整潔，無論西裝褲牛仔褲，套着他筆挺的長腿都顯得優悠清爽，遇着他不喜歡的婆娘來買牛肉，他裝做沒看見，立在較遠處與人繼續閒聊；遇着喜歡的顧客，他伸手進大大的冷藏櫃，捧更好的肉出來，不油嘴不多話，俐落操刀，刀下的牛肉格外漂亮。我相信他的選擇，因為肉好，喫時也自覺爽朗。吾夫不明白那道理，所以不明白怎麼那陣子餐餐牛肉。

哈，女友明白，有回我們齊齊上那市場，立在遠處看他招呼什麼人物。哈，沒多久，張徹太太出現，他驀地英挺，活脫武俠片裏氣宇不凡的人物。女友倚着我小聲：「多等一會，李琳琳來，這傢伙的眉毛曉得飛起。」

打工皇后

一個下午，老爸正在打鼾，突然被推醒，惺忪瞪眼見新來的菲傭緊張兮兮指手劃腳：「先生先生！煲湯的乾貨怎麼放在櫥櫃頂，叫我怎麼拿？你起身幫個忙，幫我爬上去拿下來，我怕高。」

老爸憶述之時笑不攏嘴，他的幽默令我直覺菲傭可愛。

三十多年前移居加拿大，招聘助理，一素未謀面的意大利裔婦人來電話，煞有介事的滔滔不絕：「我幹活五十多年，還有什麼不懂，又有什麼不能做。百忙中我得停下來抽兩口煙，那是抽煙時間；得停下來喝杯咖啡食件餅，那是休息時間。幾時來你們的店開工呢？我看等我和兒孫旅行回來，才議定我的工作時間。最好年底，恰好給我兩個禮拜的有薪假期。」

啊！我那更好的一半握着電話呵呵笑，回答她說：「我看我還是請我的丈母娘來幫忙吧。」

這是他的幽默。掛線後他說這電話若果由我接聽，那婦人恐怕講不了兩句就被我臭罵，因為我沒幽默感，也沒那個能耐消化。

多年前在馬來西亞我就遇到一個需要幽默感來消化的女人。

咯！她來我家幫忙打掃之前，要我先上她家去瞧瞧。我好奇跟去，進門即見偌大白粉牆上一幅油彩巨照，英女王的全家福也是那模樣。她個子矮，可是對口對面講話的當兒，我敏感直覺，分分鐘會被她捧打頭頂。我動也不動，由得她說；突然，她問我住什麼地方，是租是買又多少價錢。我未及反應，她已經說年前花四十八萬馬幣買下她現時住的公寓。

我見她時而從父又時而隨夫的轉姓，問怎樣稱呼她才好，不假思索她回道：「叫我MADAM！」

好不容易離開那兒。她說反正要去Shopping，說可以半路中途放下我。不必了，我說喜歡走路。她抬頭瞧一眼天，以為她看毒日頭，卻原來保安煞有介事招呼她一聲MADAM。她甚有風度的順應一聲。寶貝，她駕御的國產小房車，幌兩幌好似馬賽地。

夫人來幹活的頭一個早晨，進門即不及待的嘮叨：「弄一張進升降機的保安卡給我，別讓下面左問右問。要是問到妳，依我剛才那麼說好了，我來教你溫習功課。」

哎哎，來測試我的幽默感嗎？寶貝，千萬別以為我沒有幽默感。

自家人

報載有老傭從前在洋人家幫工帶孩，好不容易帶出感情來，洋人卻舉家歸國。無可如何轉去另一家，又好不容易將孩子帶大，洋人又退休去了。如是輾轉，難以種下感情，人也無處落葉歸根，如今七老八十，身邊無人，袋中無錢，唯一留得住的是口中幾句英語，那也因年邁而含糊了。

這孤苦伶仃的老傭，使我想起那帶小麥克亞瑟成長的阿笑。戰時拖着一布包跟將軍夫人衝戰火，戰後挺身在呢絨大衣下享太平的阿笑。她退休前後，麥克阿瑟夫人無一不照顧到，就當是自家人。

只此一句

愈來愈多駭人聽聞的病，究竟是從前根本沒有，抑或沒驗出來？有一種腦病，可使人失掉四肢五官的機能，也失掉記憶。我見一男人得此症已好幾年，衰老得很快，四十多歲的妻子，看似他女兒；他失常的行徑很令人喫驚，都以為他的妻子會得放棄，都認為內地來的女人心眼中只有錢。他們婚齡尚淺，不足夠維繫感情呀，反正丈夫已不再認識她，對她的存在與否已完全沒有認知，也沒絲毫記憶；食物放到他唇邊須教他如何試着喫，那耐性很是煎熬人，妻子依然用心侍候他調理他。那天看着安祥午睡的丈夫，對旁人的提問，她語調平和，冷靜回答，在再無問答的靜默中，牀上微弱的呼吸隱隱，她定神瞧着，良晌之後她垂眼，幾乎微不可聞的哽咽自語：「他是我丈夫呀。」

只此一句，已然足矣。

Index 帶來沙膽英

夫病重時，因要在醫院牀邊作伴，心煩意亂我總帶書隨行，讀的總是短篇或散文，因精神渙散及難以聚焦細讀，又極想來一點精神食糧，我視短篇或散文為補充劑，書中的Index好比公路上的方向標。

那早晨，專供化療的小室只有我們倆，牀上他閉目養神，小室的呼吸祥和，寧靜中偶聞我輕翻書頁的微聲，那是《A Fortune Teller Told Me》（一個算命的人告訴我），作者是德國《Der Spiega》（明鏡）新聞周刊前駐港社長Tiziano Terzani。我當下翻開書，如常瀏覽Index，找到他寫的小國「老撾」，半頁紙的文字帶出當地靈媒憶述的玄祕事件，字裏行間的詭異影象因而潛伏我腦中。沒多久，夫逝，這本書跟好幾十箱書隨我東遷西移，進四十二立方尺的貨櫃箱，隨我漂洋過海回來加拿大。開箱那天，那本書赫然入目，匆匆開卷掠讀一兩頁又順手放回大箱，轉身，一詭異的故事鱗爪閃過腦門，又當即被搬運的嘈雜、煩瑣的碎務，把這刹那靈犀塵封；今日報端上見海面浮屍，記憶重返，不禁想到壓在貨倉箱子內Terziano那本書。

情急找車去貨倉跑一轉，方才曉得老天爺要落大雪。鋪天蓋地的雪令這大都會交通幾至於癱瘓；靈機一觸忙安排相熟的柴可夫載我去貨倉；他當即叫苦連天，呱呱嘈：「我已經被前後左右的汽車堵住半句鐘，寸步難行。你要我怎樣？」

啊！對面街的後面街那好好先生或可幫忙，又靈機一觸掛電話，問候：食咗蘿蔔糕未？咿咿哦哦之後入正題，話完，線那端似無反應，側耳細聆，聞噏噏之聲，噫，要戴假牙乎？電話壽齡出了毛病乎？一想，弊！千祈咪中風，情急哈囉哈囉兩句，老人家這才開腔牽痰扯嗓：「妳就哈囉啦，要寫博士論文呀？外面風大雪大叫我同妳遊車河。蘿蔔糕咁涼我咁寒底妳大概想攞我老命。嗬嗬，送支紅酒啦……」

那好！掛電話給北美的連鎖書店，問此地哪一家有這本書。

「有！全市加隣市只得我們 downtown 這家，又只有這一本，今晚九點鐘之前妳若不能來，書可以保留三日，三日後不來買，書放回架子。我們有網上訂購服務。」

寶貝，世事難料，三日後可能落狗屎似的大風大雪，瘦田無人耕，耕開有人爭。好邪，而我信邪。不敢多想，掛個電話給在附近辦公的女友，問可否借用她的 Uber 户頭。要來幹啥？請 Uber 去

downtown買本書送來給我。女友失笑：喂，Uber沒有這樣的服務，我住downtown我去買吧。小姐，冰天雪地難找地方泊車，縱使找到，恐怕還要行兩條街，由妳駛車我上書店比較恰當。哈，downtown我熟門熟路，最清楚哪條橫街管用，妳別擔心。小姐，知妳駛車了得，踏雪走兩條街可別開玩笑，萬一有意外……喂喂，如有意外，傷一個人夠了，妳跟來多餘。

不由分說這個沙膽英就那麼樣作出決定，上路了。

一個半小時之後，那本書果然來到我的居所大樓，偌大的玻璃門外她揚書示意，英姿颯颯，好比水滸傳裏的一丈青。

晚飯時分，沙膽英才回到downtown的家。丈夫拉長臉問：為啥這麼晚才回來煮飯。

哦一聲，她頭也不回，逕入廚房，回答：「個天唔聽話。」

挨到見鬼

上政府某部門翻查資料，那兒的光線極差，在辦公室工作的人個個臉有菜色。不只一次我眼力過勞，猛抬頭，見身上罩袍罩袖套的人迎面來，又或側身過，瞬間似見來者身影浮浮，乍覺氣場不對，我扶桌扶牆口腔發涼，暗望只是剎那的浮想。再熬兩天，覺腦瓜漲糊，直覺染了肺結核，想咳未咳，似有血可又無痰。回家發狂沖洗自己，幾乎連皮都涮掉，兀自覺得這兒不安那兒不妥，由頂至踵老鬧別扭。碰巧那在北美醫院判症的弟弟來電話，我慌忙訴苦，嘀嘀咕咕未講個完全，他已二話不說，拒絕診斷，沒丁點同情心。

我差不多死了一半呀。

翌日，死理死氣拖着還剩一半的軀殼，硬着頭皮回那黑洞，彎腰躬背湊近顯微菲林，好比認老豆，眼癢癢的眯眼瞧瞧，敏感的直覺眼前是無底深潭，把心一橫決定放棄，捧着讓我塗鴉的筆記本回電視台，見大總管葉潔馨，硬朗的她皺着眉頭把我好好端詳，雙眉一撐，眼亮，她笑的清朗，說的乾脆：「妳真誇張，才往那兒跑那麼三四天就嚷着散了架。妳哪像有病。去銅鑼灣找我堂兄老葉看看，要不，去QM找Professor Ma驗驗，他們肯定說妳沒事，去，去洗把臉。」

好！涼水澆臉，大鏡前照照，搖搖腦瓜，頸脖後咯咯有聲，我背後有個女人身影浮浮，似我，又好似那大總管，板眼分明朝我直說：「我看妳是給自己藉口不幹這苦差吧？」

誰？前晚是誰告訴我這電視台的女廁好猛鬼？

牙煙

水

清之時最喜歡洗生菜，以生菜接水之時，自有在溪澗濯足的清涼感，奈何自從用東江水，總嫌水不夠清，生菜也欠新鮮了。

這天換口味喫茄子，啊！彎彎長長的紫色茄子，在水龍頭下沖洗，生命透着紫亮的貴氣，我看着也感覺漂亮，和以魚末肉末，油泡以搗碎的蒜頭葱花紅椒，爆香，澆以清酒，色味紛陳，禁不住以小羹舀一點含於舌尖，說不出的窩心，閉目感小廚窗外微微有風送爽，怡然張目

——天哪！

不瞪眼猶可，瞪眼嚇壞。看哪！遙對我的窗口，距三碼，那隣居的廚房，女人伏在窗台上切肉，大刀大刀砍向厚實的圓砧板，看得我心驚肉跳，萬一砧板失衡墮樓，萬一那柄刀脫手飛出，我的媽，可有人站在樓下？還想什麼濯足清泉喇！有什麼比這當下所見更原始更蠻夷了。

學劏雞

某從北京來的女士在報端登廣告，說要在香港培育下一代音樂家，可以教小提琴二胡，諸如此類，云云。

我見女士居所距舍下不遠，若三天兩頭散步去上課，日子輕鬆過。拜師需要恆心對不？更何況多年來我對二胡小提琴都甚感興趣，惜乎從前沒時間，難得今時有閒情，於是掛個電話給那位女士，約時間上她那兒，先問個清楚。

問什麼？

哦因為我喜歡二胡又喜歡板胡，喜歡大提琴又喜歡中提琴，拿不定主意呀，得給我一點信心呀。

女士唔一聲打擊我的「信心」，問我年紀呢。慢着，我扯口氣正要如實告知，女士已不及待的判我死刑：「妳媽不在家吧？叫妳媽回來好好的跟我講。」

「我講是我想學呀……」

「不必了。」

「什麼不必。」

「沒有那個需要。」

需要不需要，不是由消費的人衡量嗎？掛線後想找個人申訴，屋裏卻只有我一人。忽然想從前娘家的沙皮，夜聞我房內弦樂聲，牠不高興，對窗吠兩句，後來不願被責備帶走，見在窗前轉來轉去抗議也划不來，牠乾脆蹲在遠角，陪我聽大師拉琴。從來沒請牠喫過半件牛扒，牠受音樂薰陶，明白什麼是生活的藝術，深知吠與不吠，也有其生活藝術。

我與我對話

我怕死，見新冠病毒橫掃全球，立即取消早已安排的旅程。疫苗接續注射後，間歇的頭痛越來越明顯，疑是疫苗影響，CT Scan、MRI都照不出毛病。痛的難受唯有自我開解——那四大針疫苗肯定不讓我中招。好不容易藥石加針炙褪掉痛楚，掃開積年的鬱悶周遊列國，焉料甫抵異地即中招。五顏綠色的小病更乘勢突襲，悻然直覺被出賣了。酒店房中自我隔離，換了一家又一家，回到家還是換不掉牀上的沮喪，迷霧中掙扎实推，總覺無常在給我預告。把心一橫取消所有航程、擱置該完成的事、醫生的約會一推再推、醫院來字催促敲定第三次照腦時間。放開信我管自呢喃：時辰到了自有分曉。鏡前照照見沉淪的 Lady Frankenstein。鏡前轉身的剎那，莫明感應驟然閃現，手機傳來二十年前的舊作，友人來言指出文中錯碼，哈，不由得好奇，於字裏行間摸索，竟然觸着往昔的生命力，乍來的慚愧令我有所緬懷，那似有還無的菜香令精神抖擻，這錯碼帶來的正能量真不可思議。年來腦瓜裏我與我的爭拗訝然息止，豁然霧散了。

回味

年初，友來寒舍飯敘，當中一味紅燒冬筍，教善於烹調的煮婦們訝然，有人問哪來的好筍好菇？我賣個關子，改兩句鄭板橋，吟吟：「菜肴非金玉，味佳自生華。」當問知貨源來自超級市場，一個個嘩然，因認為超市貨色難成大器，熱情如火的呱呱嘈女友因此拉我去買筍。

老伙記拎着塑料袋，讓我看袋子內好幾個熟黃冬筍，我一看搖頭，拒納。女友瞧我瞠目，可沒半句哼嘀。我更咬定日前那盤紅燒冬筍真個不賴。別的不敢誇口，提到筍，敢說兩句，只因年少時，逢筍盛銷的季節，先祖父必帶我們這幾個猴兒上香港九龍各大外省館子，試菜。紅燒冬筍油悶筍乾燒二冬炒鱔糊醃篤鮮，凡與筍搭上關係的，必然逐一品嚐，喫完這家喫那家。而家中老廚娘也有她三幾度拿手筍菜，令我此生難忘。我的紅燒冬筍即源自老廚娘的紅燒甲魚，而她的紅燒甲魚前身正是酒樓裏的「霸王別姬」。何以有此名稱？鱉與別同音呀！哈哈，看來雞與姬也可算同種呢。

據傳那年那月那夜晚，烏江水冷秋風急，項羽苦苦被困，虞姬玉帳深宵親下廚，說是給霸王一點慰藉；當年飯桌上聞此掌故，有人笑謂：戰鼓嚇不倒項羽，倒是虞姬廚藝令霸王頓覺已無人生樂趣，橫心引頸，死給她看。

話說回來，先祖父嗜喫甲魚，只是不喜歡以之與雞同煮，改為炆燒腩。砂鍋中無雞即無姬，腩肉大可視之為胖嘟嘟的楊貴妃，那唐明皇正好是甲魚呀！奇怪，怎不乾脆稱之為「紅燒甲魚」。

當年祖父對着大砂鍋下箸，一臉的滿足。我在一旁只懂得喫甲魚裙，燒腩火腿以外，至愛深得其味的冬筍冬菇，以及圓圓的整粒蒜頭。廚房裏偷師，見老廚娘以淘米水滾浸乾筍，三滾三洗後和着鮮筍衣泡之以上湯，若配海參，淋之以蟹黃薄芡，比館子的烹調更出色。可別跟她研究韓愈被貶為潮州刺史之時曾喫過什麼，她只當韓昌黎是隔籬二叔公。

今日我沒老廚娘那閒情與時間弄菜。不管是什麼配菜，見筍即滾之以淘米水。懶得煞費周張反覆浸泡，冬菇改用日本的SHITAKI充撐，啊，東瀛貨與連皮燒香的腩肉及冬筍十分情投意合。加少許小如指頭的冰糖，以及入湯即軟的洋葱，咯，且當洋葱為珠圓玉潤的楊貴妃，跟胖似唐明皇的燒腩那麼一貼身，必然齊齊施展渾身解數。哎哎，酒醉肉綿，薰然佐以具性激素的蒜與老薑，加那耐人尋味的祕制豉油皇；如此這般，這般如此，我的紅燒冬筍哪能不妥貼細膩呀。告訴你，縱無飯酒，也無憾無缺，可忘憂解憂。惜乎先夫見我省時浸這個，手粗粗泡那個，說呢：「妳最適宜去麥當勞打工。」

俱往矣

蒙瑪特山腳下有一家飯館，位在我稱之為「六合院」的小院落；前夜與友醉談，想起那夜色剛染的黃昏，迎瀟灑晚風步進兩屋之間小通甬，聞我跫音抹過老屋寂牆，無意間望向那扉窗，見婦人獨對縫紉機喁喁細語，蓬鬆鬈髮如顛倒了時辰，啞存過去色調的毛巾，幽冷地搭在椅背上。這窗框內的氣息，令我在左拉的小說中徘徊，唯不見他筆下早歷風霜的小娜娜；轉頭見我說的飯館，靜待於院落盡頭，玻璃門內嫵媚燈光隱透邀人的古意。

容身進那柔光，見高比教堂的天花下，自然流瀉的愉悅氛圍融融滿室；轉睫又見密佈半壁的無數小抽屜，一格格默放着從前老主顧的私用餐巾，隱閉當年飯桌上私語，輕掩住曖昧的微笑。

樓下沒有空位，我們得上閣樓，在矮牆旁邊落座，舉目見高抵屋頂的天花，俯首見樓下一張張餐枱鋪着大疊光滑的白報紙，客人結帳離座後，侍應嚓的扯開用過的白紙，乾淨清爽疊在最上面那一張瞬即展現；身掛長白圍巾的侍應，將新客所需菜餚順手記在白紙上，捧餐時不忘在菜式名字上橫劃一筆，結賬時則依所記計數。侍應腰纏鈔票零錢，方便即時找贖，個個身段語言無比灑脫，欵客時唱和的法語，含如歌的韻律，我最記得一盅芥末放在靠牆的桌邊，那是我喜用芥末搽法國麵包的開始；高天花下，那含蓄而令人舒意的文化氛圍，予我暢飲醇酒的感覺，在那風和日麗的田園，三杯時醉矣，自然有再添一瓶的意願。

書至此，自然想到這飯館當年賣九個法朗一瓶的紅酒。今日法朗已不管用，於此可見我先前所記，是好久以前的回憶。最後一次去，且不談所嚐菜餚，小院外面擁擠的身影與人聲足已令我們卻步，而那，也是二十多年前了，今日網上見燈火炫目的俗氣餐堂，縱不聞聲，也直覺令人厭煩的喧嘩。眼下的絕緣感，是說不出的黯然。

我在柏林留下一件行李

仲夏，文友惟得驀地來電話，問我從前是否有個專欄叫《指天篤地》，我未及回話，他已接着說看到夾在一本舊雜誌的內頁裏，七篇一九七八年的「指天篤地」。

沒錯，當年曾經在那個專欄，談到一首音調令人欲知詞句內容的法文歌。我的法文水汪汪，由是請教電視台的另一編劇李國松。此君在法國鑽研電影四年，法文應該不賴，只是他將曲詞內容詳細解讀之後，我直覺不知道比知道更好。哎！情歌總是疊來疊去三幅被，若內容膚淺無深度，不如欣賞調子。聞曲已有情，何須嘴嚼月下難咽的花。

一首法國歌竟然引來一張德文唱片。李國松本應有法文唱片借給我，然在知我喜歡瑪蓮德烈治之後，竟帶來一張他久存的黑膠唱片，瑪蓮德列治在戰後回德國演唱的錄音，內中有她的首本歌《莉妮瑪蓮》。記得那當下，才掠一眼我啊的一聲說我也有。他瞧着我含笑問：也是以德語唱麼？我搖頭，看清楚唱片封套上的字，笑了。爽朗一笑把唱片抱走，可沒有歸還，後來乾脆嫁給他。

回頭說《莉妮瑪蓮》，瑪蓮德烈治以她獨有的風格沉聲哼唱，咬字準確有致，德國人講話有很重的喉音，她以喉音轉聲轉調低唱時，那魅力直滲心坎；是很久以前的錄音，然未失色，因德國人做事向來講究準確，遺憾是編曲似乎有點過時。管他呢，留存近百年，自有其令人緬懷的道理。

我很死心眼，那張德語黑膠跟兩大木箱黑膠，一直放在貨倉裏，今日惦記，因被瑪蓮德烈治的另一首歌提起。事緣這日「冬至」，久未聯絡的遠方友人，驀地傳來五十年代初，被瑪蓮德烈治唱紅的德國歌——《Ich hab' noch einen Koffer in Berlin》（我在柏林留下一件行李）（註一）。

我邊聽邊搜腦倉存貨，尋且急欲去距家頗遠的貨倉，翻看大木箱，看儲存幾十年的黑膠唱片，當中可有Dietrich這首歌；正呢喃，友人已迅傳歌詞的英文翻譯。十分簡陋的翻譯，似源自「谷哥」，焉知歌調與歌者的韻味於重聽後，竟然令人對粗枝大葉的曲詞好奇。

「油管」內，Dietrich這首歌即使是同一段錄音，竟然有不同名字，《Einen koffer in Berlin》（在柏林的一件行李）遲至原曲面世之後兩年才出現。曲詞作者Ralph Maria Seigel在上世紀三十年代至五十年代曾叱咤德國流行曲樂壇，比兩代之前的作者，他的祖父和父親更有名氣。我不禁對他的家庭背景好奇，因此挖出老中青三代的父子關係。歌詞中那不知將感情如何安放，又亟欲回去再續前緣的微妙心理更耐人尋味。究竟是哪一代留下的藕絲？我不由得將放在柏林行李內那提起又放下的矛盾感情仔細抽絲整理。

「巴黎這段路魅力如磁而我渙散，
五月羅馬春意滿城，可我眼前景緻不知恁地迷濛，
維也納這仲夏悠長，夜色猶令人惘然，
燈火闌珊下我呆對醇酒我念今日柏林，
惚見你笑在眼前笑如從前，我轉意抽身；
且讓旅途在此終結，隨我心意回返柏林，縱使你不愁寂寞你依然歡笑，容我重提小行李裝載的往昔幸福，重啓你緊閉的獨特心扉。」
瑪蓮德烈治哼吟之時，感情濃郁，那令人凝神的魅力，可令欣賞之時忽略歌吟以外的雜音，即或是不大對弦的配樂。
當年不只一次在電台節目介紹她的《莉妮瑪蓮》(註二)。選放之前，先在

音樂小間細賞，那感覺悠悠我心，是許久以前的享受，未婚，還年輕。

今兒於寢間細味《在柏林留下的一件行李》，我彷彿在 Dietrich 呼吸中尋找過去的自己，意滿嚐酒，心中 Vintage 迎上酒的 Vintage。

註一：https://bit.ly/3tvtSw0

註二：http://bit.ly/41HiWIj

因記起

中秋節前後，收到好些照片和賀卡。書友蘇先生趁假日攝下烏溪沙的日落。乍看，和平與戰爭近在咫尺；似和平將臨的暗黑隱隱眼前，教人不知夜盡後何所期，而遠水遠山雲腳下，彷現烽煙。

是水令我敏感，抑或是山不可盼？

在智利的Patagonia，涉足冰川好幾天，終於在國家公園Torres Del Paine的酒店歇息。那俟近日落的下午，暖石按摩之後我拖懶步回房，途中掠見大玻璃外的「藍嶺」變色，為爭分秒，我慌忙趴下樓撲至園外以手機獵影，不敢重蹈在南非的覆轍；那黃昏，沿海濱驅車去品味鮑魚，車廂內與弟妹談笑風生，驀然掠見紅日漸沉水面，紛喊停車紛尋照像機，亂中煞然車停，路已轉彎，瞬失夕陽。那片刻的失落，令人唏噓。

蘇先生鏡頭下的烽煙也只爭分秒吧。

智利的「藍嶺」遙遙，雖說非山非水可與之倫比，然遠不及香港的烏溪沙，只因是香港，是我土生土長的地方。

無獨有偶，吾友黃先生也傳來一照，那是日本與俄國接水的鄂霍次克海。日落之下的水影遠邈，遙不見莫斯科，不聞穿越西伯利亞的火車氣笛：沒關係，秋水共長天，腦門前掠過汽笛聲，依循我腦軌奔馳，自然見那奔向聖彼得堡的火車，我自然憶及那年那日午前，導遊帶我去他們的「友誼商店」買紀念品。她跟我聊到曾隨學者丈夫造訪加拿大，熟絡地問我買了什麼；我讓她看看，那幾個頭飾衣着滿是舊俄色彩，以硬紙皮製造的娃娃，從巴掌那麼高，到小指那麼小，一個套一個。她嘆氣讚賞紙娃身上的傳統服飾。我說日本也有這一種娃娃，可穿的是和服。幾乎微不可見她稍點頭，說這是五十多年前他們依樣葫蘆仿製的紀念品。說的大方自然，沒說這是他們的四大發明，也沒說是自古以來的節日，哪有什麼比中國的中秋還中秋。

是從哪一年她倒數五十年呢？九十年代初。

黃葉紛飛風中

冬前的秋日，我見窗外天色已然意動，披衣外出踽踽獨行，不願與人交談，即或談眼前景緻，還是怕不同波段的半句話，沖淡那已遺失了什麼，或要留住什麼的感覺，而那感覺是秋風的印記。

往年，在這貼心的季節，總有那麼三兩天，要回去那臨湖的日本小舍，倚窗望湖獨享午膳，淺嚐清酒，細味魚鮮，任尺八洞音句句如自語，默然讓粉牆上陽光投影寫意，與我神交。

這早晨，半醒半睡看窗外天色，恍惚見小店窗內自己的側影。趁冬日到來之前去吧，聞說今年冬天會提早到來，三心兩意看天氣報告，見「可能有驟雨」一詞，我這懶人懶得動了。正遲疑，女友忽然來電話，沒頭沒腦說天文台的預測使得她取消哥爾夫球約，改約我午膳，而她話未完，我已神往。

滿心歡喜上女友的小房車，車道旁秋色邀人遊，林林總總樹色無比適意，或紅或黃間歇延續的色彩正令人迷醉，正入神，車卻乍然現實的停住；車門未開，即見眼前較遠距離的一排泊車位，白線與白線相距的空間，空蕩無一車，唯一老樹，傲然張開豐盛的橙紅枝葉，如張開雙臂，彷彿圖將身前空間抱個滿懷，而其身前只有一張連靠背的長條櫈，櫈在那如橙紅巨傘的樹頂下，默默享受只屬於它的橙紅蔭庇。

「秋天在這兒打哥爾夫球頂有意思，棒一揮，看着球飛向遠山上的繽紛色彩。那感覺真美。香港似乎沒有這感覺。」

她說着走在前面，體態輕盈自然，肩背無憂也無慮。我倒想起多年前寫的一篇短文，提到托爾斯泰和柴可夫斯基，依稀記得寫時正逢十月涼秋，把托爾斯泰說的兩句話寫進去了：〜

「我們可憐的家園都沉落了，黃葉紛飛風中。」

托爾斯泰這篇短短的描述，予柴可夫斯基靈感撫琴，譜寫了短短的樂曲《十月・秋之歌》。一八七五年，聖彼德堡的音樂雜誌請柴可夫斯基每月交一樂譜，共十二個月，主題是「季節」，寫當時風景以及心境，又或節日閒情。儘管柴可夫斯基花半年時間已完成十二個月的曲譜，儘管他對應邀而揮就的這些作品戲謔為「拋出去的餅」，其實每一個月都有其獨特色彩；究竟哪月是急就章，又哪月於付梓前經他一再琢磨，不得而知。我對這又名《十月》的《秋之歌》格外有感，因聞樂而頓感心底秋色。

前幾年十月，不知怎地想到《秋之歌》，就不同錄音尋尋覓覓，意外翻出已享盛名的俄國年輕人 Samson Tsoy 詮釋的《十月》，因對他沒有認識，最初只抱着姑且一聽的心態，沒料到方才細聆兩句，已被他帶進樂曲裏，他甚至帶回托爾斯泰在字裏行間的憂鬱：「我們可憐的家園都沉落了，黃葉紛飛風中。」

可有想到香港，我們家園中那知秋一葉已於廿五年前提早落下，吾等坎坷的早秋，是沉於心底揮之不去的「季節」。

單思

那早晨，在醫院治理輕症的小候診室坐着坐着，近八個小時，腕臂皮膚下的紅暈似漸淡褪，看來不用急着求醫，股下座椅硬得難耐。我沮喪思離，忽爾來個帶着小女孩的年輕病婦，坐到旁邊才放下大小包包，已不及待幫iPad插電製充電。小女孩莫明其妙的拍她裙下帆布袋，揚聲高唱「Galati超市」。

袋面的正體意大利名字與圖案似曾相識，我欲瞧清楚，惜布袋被病婦的裙襬遮住；偏巧此際玻璃門開，瞬聞醫護叫喚我名字，我唯有跟去，門邊上聞小女孩拍袋子串字母G‧A‧L‧……

牙牙語聲喚回了什麼？

半夜牀上，腦中泛現旅遊時自各地菜市或超市買來的特色購物袋，那些在大紙皮箱內躺平的影象令我猛然坐起，忙掛電話給先夫老友，問幫忙寄書時，可有見超市的包包。這一問，令我頓時記起巴黎那家大書店 GALIGNANI。

九年前那下午，偌高的木書架前，奪目的作者名字出現在頂層上，喜出望外，那高個子職員適時經過，我急忙請他將初患精神病的尼津斯基 (Nijinsky) 在瑞士寫的日記找出來。一聽點頭，他說：「要是不合心意，可網上訂購。」那含詩韻的英語，令我幻見沙漠上的羅倫斯，不騎駱駝反爬高梯，幫我尋覓失落的天才。

早在二零一六年的十月，「Joyce 陳韻文」面書上記述雷里耶夫的生平之前，我已想寫尼津斯基，可寫他並不容易；Nureyev（雷里耶夫）的文字資料反而很多，網上更不乏他當年擔綱演出，及由他設計舞步的舞劇。至於尼津斯基的創作，以及其超卓才華，只能從後人的傳承領會，只散見於模糊而斷續的錄影；雖如此，他那形神合一的舞技，非一般舞者可以模仿，即使是雷里耶夫。

八年前的面書內，我放上雷里耶夫演出《牧神的午後》，那是尼津斯基生前為德布西作品編排的舞劇，還有尼津斯基為Stravinsky樂曲設計的Petruchka。雷里耶夫在這兩齣的表演很專注用心，雖算精彩，可仍欠缺尼津斯基特別的神髓。

Diaghilev，有魄力與魅力的舞團領班，極賞識少年尼津斯基，視他為禁臠、帶他離開蘇聯，在巴黎成立著名的「俄羅斯芭蕾舞團」，後遷摩納哥，讓他盡情發揮其才華。他二十七歲與隨團跑碼頭的名媛私下結婚，佔有慾極強的 Diaghilev 才斬斷情絲。婚後的尼津斯基與妻女顛沛流離，歷經兩次大戰，未到三十歲，他的精神已開始變異，日漸不濟，妻仍對他不離不棄。他六十多歲才撒手塵寰。

要寫尼津斯基，豈止寫他的創作才華，寫他與妻子及 Diaghilev 的三角關係，至於精神與肉體上的折磨，若只寫他未及束髮之年，即被母親送去侍候皇室貴冑並不足夠。英國及西歐研究他精神病問題的醫生，咸認為他在病發初期分析自己的日記至為珍貴。有一部寫他生平際遇的電影，很膚淺，令人不忍卒睹，令我更覺對他所知有限。看他晚年呆坐的照片，竟然覺得自己的不足。

十多年前在面書「Joyce 陳韻文」，將 Diaghilev 特別為「俄羅斯芭蕾舞團」設計的「銀幕」作為面書頭像，可見我欲寫尼津斯基的初心，又可知那只是「單思」。

那瞬間

晨，網上紛傳的一張圖片輾轉傳了給我，乍看是輕吹即散的蒲公英圖像，細看則見工筆印記的各國紛佈位置圖，沿兜兜轉轉的如絲線條，是以小楷記錄的國家名字，字雖小，然可知新冠病毒已蔓延至世界各地，已無處不在矣。我轉傳予喜歡旅遊的曾嘉儀，告知此乃病菌散播圖象。她看後感嘆：

「圖好靚。我好想去格魯吉亞，原想這兩年去中亞，趁一帶一路未染污所到之處，趁貧窮的純樸未變浮誇。我滿以為今年可趕得及上路，然瞧這瘟疫蔓延圖，我看今年無望矣。」

不由得連想到我也無奈取消的幾項旅程。眼下早晨咖啡的濃香暗含遺憾，吾友一句格魯吉亞，牽我回溯當年那遙遠崖岸，十多年前邈渺秋色下束立水中的蘆葦，《水滸傳》裏的浪裏白條，驀地自腦門後側衝浪游至，乘水花紛飛，又瞬刻遠去。

那年格魯吉亞的旅遊業剛剛開放，我們遠跡至山上的國家公園，繞彎曲又彎曲的險峻山路，上上落落拐至內湖；輾轉至湖邊靜候的摩托小船，滿心喜悅在褪色的厚毛氈上落座；簡陋船頂上秋日陽光煦然流瀉，船尾引擎徐徐輕拍怡神節奏，仰臉迎風掠過沿淺岸柔立的蘆葦，水花瞬飄瞬逸無任寫意；轉頭，見杳無人煙的禿崖窄岸上默擱一破船，斑駁船身上的歲月痕跡令我了悟——不由自主的生命原來如斯無奈。曳曳摩托聲掠過側立高岸的小教堂，瑟縮的疲白外表無音無語，其斗室內默默放置的老木椅大概寥寥可數。沿岸稀見人影，小教堂斜斜屋脊上那臨風的十字架，茫然遙撐住我漸遠離的祝願。

那年哪想到今時的惘然憶記，竟然是既往的伏筆。

「你帶我們去哪呢？」我聞我姐問，又聞掌舵的中年漢回答：「喫烤羊。整隻烤羊。」含笑回首我瞧吾夫，赫然見他頹坐後側、吃力緊抓船桅默不則聲，那空洞眼神令我怔呆，頓覺他健康滑坡；愕然神錯，我見浪裏白條雙臂狂張，在那瞬間那瞬間，翻起水花撲向我們。罔顧一切他撥開擠立水中的蘆葦，拂動的漣漪湧現秋水不安的喟嘆。

腦霧

蓮蓬下，淋漓涼水沖去俗塵，長途跋涉令我倦欲眠，無皺牀布上沉身，睏然聞遠船窗外浪微浪湧，電話鈴幽幽傳召，隱如浪吟疊湧，腦霧中迷糊回帶，奄奄欲睡見那手提，遙遙偎倚微帶我體溫的小腰枕，在那航班的座位邊隅，伶仃發聲又發聲，似仍有所求的央我回去，拒絕張目，遲疑暗問我身在何方，軟枕的白影掩映眉睫，霧中手機浮動，鈴聲依稀是不甘被遺棄的纏綿，迷糊游手探索留言，有誰欲探知我行蹤？恁麼沒覺察我遠在雲端，抑或我不知我已着陸，鬆開指尖上煩緒，綿綿鈴聲中迷糊失路向，不辨是日、是夜是何年。

釣魚

兩年前在飛機上翻書之時，忽有小孩在椅旁閃身出現，問：「你玩不玩釣魚？」

我點頭。孩子立即爬到旁邊位子上，以笨拙的小指頭熟練地洗牌派牌。我見生命跳躍，轉頭問空中小姐要酒；再回頭，掠見小鬼頭出貓呢，笨笨的胖指頭不靈光，卻可愛。我含酒不語，前排側座上的中年商人卻按捺不住，向我打眼色示意，我抽牌放牌不作任何反應，那人一急，竟然比那孩子更孩子氣，伸手一指：「他出貓。」

孩子反應至快，擘大口呱呱嘈，孩子的媽聞聲慌失失過來，忙把孩子扯回座位去。

這以後，每一回在飛機上無聊，總希望椅旁有孩子閃身湊近，光着眼瞧我問：「你玩不玩釣魚？」

空打鑼

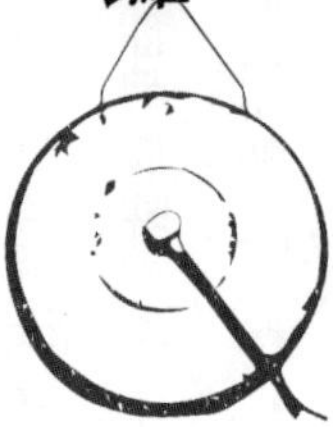

讀小思的懷舊文章，不禁想到從前稚齡時；肚子餓，家裏送飯的人沒有到，打鞦韆，越盪越餓，舔小同學的萬金油。終等到老婆媽來，她一見呱呱嘈，回頭卻哄我，怕我跟媽媽說；我媽媽只要看我的小冊，看老師有沒有印小白兔，這個我曉得。

放學時分，老婆媽帶我走路回家是天大喜事，她用車錢買有殼的花生米，沿途剝殼，和我分喫。我最愛看道旁的漢子揉粉公仔；他手上的粉公仔精細傳神，髻是髻，鬚是鬚，馬蹄長鞭似有聲。我將儲存的粉公仔一個個插在窗台上。半夜，老婆媽要我起身尿尿，迷迷糊糊經過窗台，我摸摸花木蘭。

踏入初小，不愛聽安徒生，不愛聽格林姆，最愛聽陳弓講《水滸》，還有葉慈航的《三國》；哥哥的玩意是模型飛機與蒸汽摩打，我以山渣餅染紅嘴唇，放張小木櫈在廚房門口，跟老婆媽聽杜煥的南音。不曉得多少年後，嫁了，與牀伴連夜伏案籌劃木偶戲，我唸南音，杜煥卻猝然辭世。之後一年，齊齊發夢，要帶隻猴子去歐洲賣藝，說着說着，彷彿見猴子揭開藤篋拿帽戴帽，吱一聲小披風一揚，搭到牠自己肩上。

夢什麼時候又沒了？不知不覺湮沒了。

遠洋那邊忽爾傳聞，那隻能跟我們闖蕩江湖的猴子，已經老得脫毛了，聽說牠筋斗已翻得不靈光。老伴聞訊喟然，問我要不要去動物園走走。

我竚立在一排鐵籠的角落，看那獨守大籠，張臂攀扶鐵格的藍猴，默不則聲瞧着我，四目交投，少見黃種人出現吧，前世似曾相識呢。見牠渾身耀目的藍色，眼眶邊沿似隱隱然也反照一圈藍。我不禁好奇，趨前欲瞧清楚，冷不防一猴倏地自隔籠伸手抓藍猴腋窩，哇的一聲牠飛快躍身，跳去後面緊緊抓住鐵格，氣喘吁吁吱聲，眼也不霎牠留意隔籠動靜；而隔籠，那惡作劇傢伙不亦樂乎，仰首咬牙喧聲作勢，跳來躍去躍來跳去。

上路去

Life is for the living
death is for the dead
let life be like music
death a note unsaid
賦生命予活着的
死亡則賦予亡者
任生命活脫如音樂
死亡一如無言音符

七十八歲的 Jeff Beck，生命勁度如日中天，去年跟老友 Johnny Depp 在英國北美等地巡迴演唱，秋天稍歇兩月，準備好精神再履行演唱會合約，沒想到茹素六十多年的他，一月十一號因腦膜炎倏地撒手上路。

拙文開篇幾句，摘自佈天蓋地的悼言，有說是他生前講過的話，雖已查知是美國作家 Langston Hughes 詩句，我仍直覺這短短四句，正正反映他灑脫的人觀。

我對 Jeff 的認識，只從他演奏時與同台歌手樂手相互間的默契有所見，對他的微妙感覺只來自有關他的文字，或從無數訪談記錄的一鱗半爪形象，仿如玩砌圖遊戲，憑散佈枱面或氳厚地氈上，形狀參差的硬卡彩片，拼合而成完整面貌。

兒時，Jeff 家中有台三腳鋼琴，母親彈奏的古典樂曲，令他直覺深奧，母親指頭下的音樂如寒暑表，從曲調可知其心境，那一日她臉長長又琴音沉重，甚或不彈琴，Jeff知大事不妙，父親在外頭不曉得又幹了什麼。

父親是個爵士樂發燒友，不時湊合三倆友好在家中玩樂，小小年紀的Jeff愛看一個個大男人又彈又唱，當中模仿胖子Fats Waller的叔叔至為滑稽，指頭在琴鍵上曉得跳舞，Jeff小時直覺逗趣；長大後在樂壇打滾，才醒覺當年在琴畔所見所聞、爵士或古典，都已潛移默化。

Jeff父母的家庭教育應該不壞，有時也擺烏龍啟發他的獨立思維呢。他得意的笑着回想：「他們矯枉過正的無心之失，往往使我好奇。改變了我的人生。」

咯！一次母親帶他去看一部教育性電影，怎料到正片未開場，先有短片加映，幾乎未坐穩，母親一眼掠見銀幕裏一輛輛車發神經似的衝刺，搖滾樂聲震耳欲聾，母親不理三七二十一把他抽起，逕扯他離開戲院，使得他說不出的好奇。第二天，拿零用錢偷偷回去看那部短片。嗚哇！大開眼界，搖滾樂配合飛車淋漓盡致，使得他渾身細胞興奮到傻，開了竅。

父親擺的烏龍更不可思議。一九五三年他十二歲，父親要帶他去倫敦看英女皇加冕；地方沒去錯，倒是日子弄錯，看不到熱鬧。父親急急去買一本新雜誌，給他轉移視線，創刊號呢，揭書一瞧，嗚哇內頁圖文並茂，又跑車又搖滾樂，眼界大開。他由是曉得落手落腳裝嵌汽車零件，哈哈，連音樂也別有玩法，樂趣無窮。爸爸這烏龍真夠大，大到他偷笑。

父母親之外，有個叔叔，周末奉旨帶他去兜風。爸爸的車子龜一樣，奇慢，時速永不超過四十五公里。叔叔駛車的時速夠勁，七十五公里，車也蠻有欵頭，且說Jeff那天一上車十分好奇，摸摸這摸摸那，手指頭一擰，失驚無神有人在收音機內擘大喉嚨叫苦連天。叔叔嚇得彈起，死命抓住駕駛盤喝令熄機熄機。他放慢手腳多聽兩句，說：是blues呀！叔叔一抽手掣朝他瞪眼，無可如何他唯有熄機。

第二個周末，叔叔如常駛車來，他帶着期望鑽進車廂，卻發現收音機已被挖走，一塊木板封住那個大窟窿，他暗問自己錯在哪兒，暗問曉得買靚車怎麼不識享受收音機？氣悶瞧着身前，木板後的大窟窿隱隱迴響上星期聽聞的幾聲吶喊，藍調從此在他心中發酵；當下胸前那一方木板令他記起六歲時，自收音機聽到節奏奇特的六弦琴聲，母親沒叫他熄機，反而告知那是插了電的六弦琴，唱歌的女人叫Mary Ford歌名《How high the moon》，彈琴的傢伙叫 Les Paul。母親的話似為琴音添彩，令心腦發熱。他後來上朋友家，摸摸被丟棄在一角的六弦琴，去一次見斷一弦線，後來更可憐，只剩一線，他忍不住問朋友的媽要那飽受冷待的六弦琴，尋且膽粗粗央求幫補幾條弦線，沒料到果然如所願。

這平生得到的第一具六弦琴，他惜如至寶，以雪茄木盒的木、以厚紙皮將其殘肢殘體修理好，拿給父親看。父親懶得瞄一眼，喝令他把這垃圾扔掉。從此他下決心去哥爾夫球場鏟草、去車廠上油噴漆賺零碎錢。一天，跟兩個志同道合的朋友乘車去城裏，找專門賣樂器的店，看還差多少錢才買到六弦琴，沿途問路尋着專門店，推門見六弦琴琳瑯滿目情不自禁伸手摸摸，即被店東破口大罵，喝令滾蛋。好吧！回小鎮去，課餘再做雜工。

忽然一天，朋友找到可以讓他們去打band的小酒吧，怕失掉機會，他問人借用六弦琴，跟着去了。沒酬勞呀，得靠小費分賬；無怨，可以乘機練琴，他也學乖，因見這品流複雜的地方幾乎夜夜有人爆粗，吵吵鬧鬧擲東西，甚至為女人打架，他意識到在舞台上演奏方才安全，由是立意以此為目標。

其時，他未到十五歲。

好一場戲

星期六早晨，清閒無事，與夫去朋友的工作室聊天，歎咖啡，看《KLUTE》（花街殺人王）。

板間牆後面，或有鈴聲隱隱打擾，或有客至，隱聞廊間私語，可不管是何等樣的雜聲絮語，都沒有令我分心，因為這電影有莫名的磁力。劇本的老練，攝影的細緻經營，使我忘記了身旁那杯咖啡。序幕的一場搖鏡，只有一句對白，演員的細膩動作有話，眉目之間見關係、眼神間似別有洞悉、於微笑中見自我矛盾、猶豫間見微妙感情、即或是一分酒興，也沒絲毫遺漏。攝影剪接分寸不懈，從場面調度可感導演心思。看完戲，腰直神清，方才醒起要來一杯熱咖啡；回帶重看我特別喜歡的幾場戲。應該別有一番滋味吧，可是奇怪，好些畫面輪瑯雖然猶恍現眼前，卻沒有引起任何共鳴，始終不明白我緣何對這電影沒感情。

因太經營？太板眼分明？

有一場戲幾乎沒對白，那寥寥幾句可是十分重要。珍芳達婀娜進入製衣廠，圍頸的廉價長毛與身上銀衣，都粗略表露她刻意營造的矜貴；解衣，動作有板有眼，沒絲毫苟且，可看出是例行公事的誘惑，不含半分慾念，這大概是一般應召女郎的接客寫照，剛出道的珍芳達，演來入木三分，在回眸之時欠缺性感，卻略有瞄頭。她婀娜移步，在潛意識與全意識之間設法平衡自己，故作矜持，眉梢眼角卻沒能夠掩飾底子裏的放浪，她容或讓幻覺引自己進入不同的世界，殊不知階級身段與教養，不能憑意念粉飾及臨時惡補。

其實妓女本來也是演員，與演員一樣，成敗視乎演出的好壞。這場戲對女演員來說，是很好的演技課程。珍芳達演一個有演技有真性情的妓女，把那個一般腳色的年輕妓女昇華了。

「我剛從加拿大回來，與男爵相會。悶煞，他畢竟年少，言語乏味又不解溫情……」

她說話的對象是已經七十四歲，事業有成的老紳士，斟酒之時動作風度不似與生俱來，因為他十四歲做裁剪，白手興家。年輕妓女這番話是他購買的享受，是他自我實驗的歷程，不是虛榮，因他已超過追求虛榮的年歲，所以他了解眼前境界，微笑遞酒，以平淡語調說誠懇的話：「來享受一下罷。」之後，令人懷舊的音樂幾乎蓋過年輕妓女的獨白。其實獨白的內容已不重要，那不過是提高老人身份，取悅老人的一番話。善解人意的妓女在對症下藥，她深知要來得浪漫，浪漫才重要。這場戲的音樂，猶如在反映老翁的心聲，反映那當下他的幻覺，年輕時因生活而拼搏而無從享受的浪漫，忽爾泛現眼前，他暗有感懷。音樂賦予這場戲的內涵，帶出導演攝影剪接而至編劇與演員之間的深度默契。沒有這場戲，這部電影的份量也遜色了。

塵囂過後

海明威生前而至死後好幾十年，仍教許多美國人慕名而去巴黎、西班牙、非洲及夏灣拿。多年前，在遨遊柬埔寨與越南的小郵輪上，與一美國醫生談及夏灣拿。問他是否隨醫生團去古巴。噢不！已經禁止巧立名目組團去了。不能夠從多倫多轉飛機去嗎？也不行。中情局可從航空公司拿到乘客資料，要是被查出，肯定入黑名單。「不過！」略帶隱憂他含笑說：「我會設法再去。可得小心。上一次那段路恐怕已經不行了！」

是海明威的冒險精神，還是名人效應作怪？抑或對古巴別有情意結令他一去再去？

幾年前，從葡萄牙邊境橫越西班牙極北的城鄉，驅車至東北角近法國的比布亞。午後斜暉下的古城別有沉鬱氣派，徘徊倘佯，那有形與無形的文化感染力足以掩蓋任何名人效應。卡爾登酒店內那世紀初的典雅傢俬，保守莊重的舒適寢間格調超然，直予人浪漫的微妙感應，「我曾在此」的存在感，寸心自知。曾在此逗留的海明威、奧遜威爾斯、甚而愛娃嘉娜都無關重要了。

曼谷的東方酒店以毛姆招徠，藉着他引發貴賓的認同感，似乎忘記了，這大作家當年作客期間瀉肚又嘔吐，病至五顏六色，差點被德籍女經理掃出門呢。

豈止毛姆生前曾潦倒蕭條，最清楚箇中辛酸與寒涼。身後由得人造勢的名人，豈只毛姆一人。

一九六六年，孟甘穆利奇里夫逝世未幾，孿生姐姐將其寓所出售，親自在門前屋牆上鑲鉗一面銅牌，註明這優秀演員六零至六六年曾經在此居住。屋子新主人不堪慕名來的影迷騷擾，終於植下可遮掩銅牌的花樹。這許多年了，銅牌上字句已含糊吧？他的傳記在七三年動筆，七八年才脫稿付梓。印刊有限，他的電影也甚少重映。再過四十年，我們這些影癡離世後，恐怕沒有人記得花叢後那一面銅牌。銘刻在那上面的感情，也譬如朝露。

夢露

有回去辰衝，進門當眼處見夢露的大特寫，一臉的渴求，張嘴欲言，鼻息中求存，下巴在邀請着等待。

翻開書頁，夢露在呼吸，在海風前以毛巾裹身，笑着嚐酒。早熟之時，牛仔褲上露出內褲的小花，恤衫束縛至胸前，憑欄挑起小指，連笑都單純地展示着與生俱來的不羈。及至滿具風韻之後，連背上的脊骨，都引發起欲抱她進懷的意念。圖片使我對夢露的感覺更加豐富了。正思量着取錢，欲將感覺留住。門外久候的車子微動，看來不耐煩了，催我上路，我於是將夢露擱下。

第二回再進辰衝，夢露還擱在櫃架上，裏面的圖片依舊使我嘆息，可已沒第一次的訝然，沒有激動地欲抓住眼前空氣，只在那空氣中徘徊，再看書價，在空氣中三思，明星的面孔沒有永恆罷？又不是林勃朗的畫。

第三回再去，夢露仍在架子上等待。心裏不忍，再翻閱而不能釋手之時，管理書店的黎小姐前來，很熟稔地跟我說：「是最後一冊了，只來了五本，就下決心買吧。」我蓋書撫書，書皮上皺痕纍纍，頁邊上已露汗污，小姐給我打折扣，我遂帶殘存的一冊離去。

帶着那份喜悅到姐姐家，讓她欣賞我已經擁有的。她翻閱之時，我忍不住告訴她頭一回看見的那本沒那麼多皺紋，希望她感到我曾感到的光彩。話太多，反而似在惋惜付出的錢了。於是閉嘴，暗想，那些因慕名而買下夢露遺物的人，可曾有莫名的悔意？靜中，姐姐忽然來一句：「沒有什麼值得不值得，即使是全新的吧，你還是會一翻再翻，始終會殘，就讓多幾個人欣賞吧。」

在另一本講夢露的書裏，提到拍攝《大江東去》的初期，那童星對夢露態度輕蔑，孩子的母親又屢次使她難堪。後來狄馬哲奥往探班，孩子見他的偶像十分愛護夢露，於是好奇。夢露有回趁那母親不在，將孩子拉過一邊細問因由，孩子說：「我媽叫我不要跟你那樣的女人做朋友。」這以後，狄馬哲奥去釣魚打獵，都帶着孩子去，讓孩子跟

「那樣的女人」做朋友。

姐姐的小女兒靠在我身畔翻書，翻一頁即輕嘆：「啊，是畫的麼？」翻一頁就說：「告訴我多一點關於她的事呀。」我於是講：「她有一個丈夫，隔一天就送花到她墳上去。」她立即翻書頁，不見墳，又問：「今天還送花麼？」然後再來一句：「告訴我多一點關於她的事。」彷彿要聽神仙故事。語氣中沒有矯情，只有這句話配得上夢露。

許多人將她的生平寫書，可發表的都發表盡了。白造或者推測分析，都露出小人的筆觸。夢露被小心小眼的糟蹧在文字裏，只有她的照片可以表達她自己。美國人把她捧得多麼傳奇，反不若小女兒一句：「告訴我多一點關於她的事。」只此一句含傳奇色彩，很LEGENDARY。

外景實地遊

邁克在他那《忍者鞋為記》框框內的文章，予我無邊浮想，想去維也納，看《The Third Man》電影裏，奧遜威爾斯亡命逃遁的地下水道、看二戰後間諜氛圍縈繞未散的咖啡館、甚而曾經讓命繫手中線的氫氣球頹然投影的那爿牆、那未知命運去向的懸空纜車、遊樂場內larger than life的摩天巨輪……。據說維也納的旅遊部對保存這電影的昔時面貌格外關注，卻奇怪，沒聽見去過那兒的人提到這電影。

我又想起先夫在撒手前要頻頻遠遊，想起在約旦，我們雇騾車穿越Indiana Jones在電影中策馬奔馳的峽谷。議價時車伕咕嚕說已訂車的客人會隨時出現，講兩講見我轉身尋別的車輛，忙說可趁這空隙載我們一程，得加少許車費，以防回頭失去那客人。說的勉為其難，可扭一扭粗短脖子，這傢伙扶吾夫上車，二話不說促騾趕路了。

天！那段路要命的顛簸，顫得我胃跟屁股爭位坐；飛快到達路盡頭的古殿，先夫拖着似要散架的身子骨下車，見我朝回頭路仰望高崖，幽默問：「怎啦，嫌不夠刺激。要騎馬？」

當夜，牀布涼靜，他清爽細描峽谷那段戲用的特別技巧，詳談曾用Met的電影，提到《Gone with the wind》（飄）。我沒聽完全，曚矓浮想中，不知怎地我睡着了。

冇着數

那年大夥兒拉隊去台北熱鬧熱鬧，湊興一遊華西街，有個識途老馬如是教路：咯！進這花街柳巷要當心被搶。搶什麼？我們搶着笑問，他賣個關子，但笑不語。

我走在幾個大男人中間，抱緊胸前的包包，把那個口碑甚佳無揩油案底的梁普智勾住勾住；嗚嘩走在慾林當中，街巷兩旁招徠之聲直衝耳膜，兩岸猿聲啼不絕，正是這般境況。我眼巴巴我看着人家丈夫的襯衣，被老實不客氣從褲頭抽出來，嗚嘩大開眼界，另一個丈夫胸前的衫鈕呀，卜卜卜，掉了一粒又一粒；唷，還有那黑卒卒的小個子被肥大的女人緊緊挾住，挾進那度門去啦。看得我 wewe wawa，幸好是人家的丈夫。寶貝，看踢足球也沒那麼刺激。

回到香港央老公請梁普智鋸扒，餐桌上把當晚情況繪形繪聲說的眉飛色舞，老公揩兩揩嘴，問我：「如果我告訴妳，我整晚攬住個女人，妳怎說。」

哎喲呀哎喲，我回道：「那不過是梁普智。」嘿！梁普智一聽叫屈，說：「懂門路的告訴我，進那條街會得被搶。我走進去，雙臂打從心裏伸出，正巴不得被搶，未張開，一個女人標出嚟，我眼花繚亂，未及看清楚，雙臂已經被緊緊掯住。暈陀陀轉頭一看，竟然是妳這婆娘。好啦。妳老公不揍妳，我揍妳。」

窄梯上不見人

從酒店出來，經路角小咖啡店，見遊客模樣的男女在門外享受簡單早饍，饍後才蹓躂？抑或剛從 Eric Satie 故居來？悠閒的咖啡香令我後悔窩在酒店裏，錯過了這清晨。

我們沿泊着古船的碼頭岸邊，步入附近內街。小街短，流瀉在石子路上的晨光把我們融進薩蒂的歲月，然不見小樓窗內有動靜，不聞他撫琴，不聞他揣摸曲調，可是他的《Gnossienne》（玄祕曲）在腦門後依稀徘徊。

小街末尾，那默對短巷寂立的半棟小樓，門板牆壁猶透昔日夕陽痕跡，陋室之內不見特別經心的擺設，倒見順意而為的生活呼吸。我轉瞧窄梯，見夫默然拾級，足音與背影之間隱含不協調對話，令我步序遲疑。及至我登樓，甫進入Satie創作的小室，意外見他定神瞧着書桌旁一張木椅，椅背靠牆，稍彎的線條自然朗然，椅座上交織的草藤直有邀人安坐的語言。他一句話也沒說，但瞧着但瞧着那張木椅，呆晌之後，他舉起掛在胸前的Hasselblad。

若干年後，移居法國之初，我不時要回香港。一個早晨，他驅車來機場，載我回鄉居，鎖匙輕碰鎖匙的開門聲中，他回頭對我微笑，說：「給妳一個驚喜。」

你道是什麼？

那張椅子那張椅子，他一共訂造了四張。這幾十年，不管在哪兒定居，我們一直帶着。如今他已遠去，這四張椅子伴我獨居高樓，時或在窗前小圓桌畔，獨對用早膳的我；或在飯桌畔，座上無人，桌上無杯盆，四張椅子無言呆對，似無所依，他昔日與友人把酒笑談聲卻隱然可聞。

他走後，重回諾曼地，未至昂花，經二戰時美軍涵水登陸苦戰的

Omaha和Utah兩大沙灘，那年灰霾天色下我和他見到的一座座巨型鐵馬，不知何時已移走，代之是不知所云的紀念碑、走來走去獵影的遊客、喧嘩的孩子；雖在高處鳥瞰，然已不忍卒睹，我抽身轉離，恍惚見他神傷，見當年斷續泛湧上灘又斷續褪去的白浪頭。這以後，往昂花那一段路上，連連想那巷內小樓。是何模樣？可有變？

薩蒂當年坐過的椅子還在小室內，背着牆，在書桌旁，似有話，然是無言的寂寞，我背後陌生人的對談撩動一室的靜謐，婉轉的外語，輕聲一句「待會去哪兒」，令我倍感孤單；樓下似有人推門進這小樓，我期待木梯上傳來我熟悉的步聲，然抽身離房往下瞧，窄梯上不見人。

幸無遺憾

杜杜在他的文章裏提到技巧與感情的配合問題，我忽然想到一個世紀前，古典音樂界一宗令人津津樂道的逸事；意大利歌劇院那天綵排維爾狄名作《AIDA》，著名男高音李察德卡沒法將讚美Aida的詠歎調唱好，可能因為台下的指揮，是大名鼎鼎的Toscanini，以至緊張到大失水準，德卡自己也實在大皺眉頭。重覆要求再唱，卻依然不理想。大師終忍不住請管弦樂團暫停，老實不客氣問德卡可曾戀愛，忍不住揮棒喝令他：「拿出你的感情來。」

有些人感情有餘而技巧不足、有些人唯恐不夠透徹而矯揉造作。才藝兼備的德卡如果沒遇上令他貼服的Toscanini，若然沒被一語驚醒被揮棒點金，這著名歌唱家可能徒呼奈何的終生向隅。

往昔歲月的夢幻

無意拈着短短兩句文字，往往引發無邊聯想。為使飄渺幻影來得實在，總禁不住尋尋覓覓，往往磋跎時日，所得依然是幻影。轉看人家，在那空檔已經增長知識，而我只拈着閒花柳絮。

九二年世運會閉幕之時，西班牙女高音維多尼亞荻洛斯安哲蕾絲，以卡坦蘭語演唱民歌，我被她對鄉土民族的美麗情懷深深懾住，暗問自己以前忽略了什麼，怎沒對她傾慕，由是退而結網，從音樂與文字認識她多一點。無意中得悉，有一次在紐約大都會劇場的後台，她靜聆前台瑞典男高音畢約林演唱普契尼作品《杜蘭朵公主》的詠歎調，深為那清澄優美的歌聲所動，她默然下淚。

其時，我只有畢約林一首歌。因為那段文字，急急翻尋這著名男高音生前的錄音，結果發現所追求又令我深有所感的「清澄優美」，始終還是一九五四年在巴黎歌劇院演出的現場錄音，比才作品《採珠者》第一幕的詠歎《往昔歲月的夢幻》，最令我神為之往。歌者是不見經傳的HENRI LEGAY。

瞧哪，無意中讀到兩句話，竟然引發無邊聯想。轉一個大圈，結果還原；回那窗畔那唱機旁邊，一切如前。依舊是《往昔歲月的夢幻》。

還好，只牽動對歌聲的追求與幻想。不似意亂而懷春的少女，只為跑車的響號，換掉了情人。

急症室

早晨，附屬急症室的候診大堂內，滿坐着戴口罩的人，高及天花的熒屏不時打出輪診號碼，擴音器配合着喊號碼，見字聞聲，病者或有家人摻扶，或孤身進不同的玻璃小間；如斯有條不紊的判病程序把我懾住。遙遙等待個多小時後，長廊口突然有護理喊我名字。

小候診室雖說只照顧不那麼着緊的急症，仍一眼可見不少舉止不靈活或面帶病容的男女。我聞胖子悶聲問：「要等多久呢？」他身畔的女人沒搭理，他喃喃：「怎麼我沒有三文治。」隨即有人接話：「昨晚等到這早晨呀，醫生擔心我不夠血糖，教我喫了才回家。」

說話的大男人坐在給孩子的小椅子上啃三文治，他身後的玻璃門牆距我僅一碼，玻璃的另一面，醫務人員的無聲動靜令裏面的氛圍格外凝重；貼牆排列的格格小間垂簾密佈，當中傳出的痛楚哼吟，在玻璃這邊也聞聲，只因通往那兒的門洞開，只因一對父子踏住門線輕聲爭議，見湧進來三個男人即情急離開門線，夥合着搶身進布簾，玻璃門才得以閉合，玻璃另一邊又復靜不聞聲。

這邊廂我定神盯牢大玻璃的另一面，良晌之後一簾內隱見異動，無聲，未幾見坐在輪椅上的女人被一醫護自那簾內推出，女人蓬鬆的亂髮下，輪椅背後掛着鼓漲的袋子，女人張嘴瞧向不可見的前面，輪椅啞然劃過玻璃壁，在右邊消失了。

多少時辰呆楞去，飢啃三文治的男人早走了，我卻遲遲沒醫生照顧。倏地玻璃門大開，醫生帶着病人出來安坐，卻無空位，他當即揚聲請陪親友來求診的人到外面去，在他淩厲的逼視下，昔才搶進垂簾探問的五個男人登時走掉三個，柱後相擁的年輕男女拒動。問到一中國女子，她結結巴巴訴說眼睛出了狀況，未說完，醫生已轉過頭來望向我，不待他發問，稍舉手讓他看醫院給我的腕環，我可又矛盾的想乘機開溜，正猶豫，中國女子閃身坐到我旁邊，請我介紹眼科醫生，說在外面候診大堂遇到也來自國內的女子，同樣不曉得健康卡可免費驗眼，說幸好外面診斷的醫生告知。她嘀嘀啾啾，我思緒紊亂，困惑中連想到Marta Gragham在一九三零年的現代舞《哀悼》（註）。啊，她在椅子上舉手投足所表達的心中困頓，正正抽象地演繹了候診室硬椅上，我的惶惑無告。

註：http://tinyurl.com/47h2z39y

盼目兮

已發黃的小文自陳舊書刊中跌出，啊七零年那一天我借《星島》副刊小框細述對生命的微妙感覺，寫時未知將有伴，伴我三十餘春秋。

「至親——安娜才掩上那幾葉門扉，而我獨對一盞小紅燈。伸在遠

方的大牀令我這房中的一切無比神祕，夜靜中大道上的喧嘩存在又不存在。這兒的人都十分快活，學子們歌唱着沿步路過又嘻笑去，掠過的車輛響鈴於車與車之間暢然遠逸……這所有的生命，可驚嘆而令人喜悅的生命，多姿多彩的活現，超乎一切的活着……整天下雨，我出去又買了一些書，因這天氣，沒別的事好做了——你的依莎朶蕾。」

這是舞后鄧肯給她丈夫寫的信。很Isadora。那期間她在布魯塞爾。時為一九零五年的二月二十八，或者二十七。那年的二月沒有二十九吧？她的信或長或短，或細訴寂寞，無半句悽苦，言詞節奏令生命優雅，而我在她的字裏行間悠悠摸索，而我盼目，心唸來那一個人吧，即或千里來鴻，也能令我心閒適，令我有如她一樣的感覺，如感田間清風輕拂，如禾穗之上飄然漫舞，如Isadora。

她走了

卡娜絲走了，在我毫無心理準備的時辰撒手。

昨夜通宵熬劇本，清晨在水蓮蓬下痛快沐浴，跑來酒店好好給自己獎賞，酸奶牛扒任我放縱，正無比舒懷，隣座西婦翻開的英文報紙頭條，赫然入目，斗大的字報導卡娜絲辭世，照像中她瞪着美目，看着我，呼吸如常，而我心啞然。

歸家，抽出我喜歡的歌劇《拉默摩的璐契亞》，靜聆她着魔似的瘋言詠嘆，音韻中那欲去還留的不願捨離，令人飄然欲絕，令人神傷；那頻臨失衡的失智，唯卡娜絲拿揑得住；此時若說她已遠離，毋寧說她只是在我心內顛狂。

有人說，一名天蠍座誕生，在近親中，必有一名天蠍座死亡。說是天蠍座的傳奇，以前聞言我覺浪漫，因自己是天蠍座。此刻我恨那樣的更替，因沒一個天蠍座能替代 Maria Callas。

緣份 Beautiful Friendship

在辰衝書店訂下Louis Auchincloss（奥辛克洛斯）三本小說，說好星期一去取書，卻連續幾天沒能夠抽暇往尖沙嘴跑一轉，偏偏秦羽這天在辰衝出現，去領她訂下的本子。她付錢後，無意中掠見大木架內的留書叢中夾一紙條，斗大的字寫着「Auchincloss」，三大本疊起，欣喜若狂她當即要買，店員卻不讓她買，尋且告知只有這三本，說：「陳小姐已經買了。」

這陳小姐是誰？

秦羽回家左思右想，心有不甘掛電話給我。電話來時我正好進家門，滿心歡喜抱住自辰衝取得的書，由得她嘰哩咕嚕發問。啊我眼前恍見小姑娘閃着欣羨眸光瞧着我，而我直似含住令她垂涎的棒棒糖，含笑含甜含住話，我管自瞧着懷中厚冊，但笑不語但笑不語。

當初是秦羽介紹我欣賞路易奧辛克洛斯的小說。有一回，閒聊間靈犀迭起，不約而同提及Gore Vidal，她出奇的慷慨，借一本給我琢磨，至今未催我還書，因聞我說留來有用，她乾脆讓我把書留住，其時我心唸唸，待買到新書才還給她，可一年荏苒去，心念不知不覺賴着過。

回頭說奧辛克洛斯的小說吧，那年頭在芝加哥，甫進大書店，抬眼即見朝門一排書架頂上那幅牆，木框內赫然框住奧辛克洛斯的肖像，我欣喜莫明，以為進了寶山，結果空手回。哪想到出乎意料，竟然在辰衝一口氣拿三大本，嗚嘩好比中了彩票。此刻，瞧着身前几案上這三本巨冊，我着實洋洋得意。電話線那邊秦羽左問右問，我心底一暖，坦白了：「我訂的書到手了，幾時見面呢？」

她一聽高興莫名握着電話啾啾嘀嘀像個小姑娘，我好內疚，頓然記得年來死命捧住她借給我的 Gore Vidal，不打自招忙說已視之為工具書，翻來揭去被我弄得不像樣，待找到新的還新的。

她聽着聽着，竟然毫不介意，話線另一端那北平姑娘咬幾句廣東話的清脆口音格外動聽，還開心活潑的央我代她訂書。

天！世間竟然有這樣子「純情」的人，我的霸道顯得她格外可愛，她的雍容大度令我因有這樣的朋友而直感驕傲，可也赧顏。不禁微笑，為能夠與如此瀟灑漂亮的朋友結緣、為她介紹我看的好書、為那被她寵壞的幸福感、為自己微笑。

後覺

書展前兩星期，黃念欣傳來《夕拾朝花》四十篇散文。眾多篇章中，她細意描述的人物有我熟悉，或遠或近或素不相識，又或已緣盡；自其角度觀照眾生，自然而然從個中反照認識黃念欣，我也藉此審視自己的後知後覺及得失，而感覺十分微妙。

瀏覽目錄，選吸睛文題，奇而挑出〈像好德一樣好色〉。該文開篇的第一句「受老師教誨」之後引證《論語》，正經八百令我登時神經緊繃，當掠見一句「好處是讀得毫無包袱」，又舒口氣，由她徐徐引領我步進孔夫子的園地，聽她循循剖析「賢賢易色」，至於「移好色之心好賢」我正待消化，猛抬頭，乍然見郁達夫，靜靜看着我們，帶着心事他轉身，默默走進蕉林裏。

七十年代在商業電台，我搭棚疊架將普希金、莫泊桑的短篇小說改編為廣播劇，將郁達夫短短幾頁〈春風沉醉的晚上〉改編之後，我滿心歡喜。此刻讀到黃念欣說郁達夫不符「賢賢易色」的道德標準，我矇矓失據，先前泛起的當年沉醉，未及回味，剎那間危危擱淺矣。

〈像好德一樣好色〉最後一段，黃念欣如是寫道：

「課後一位同學問得好：郁達夫的創作是否一時文學風尚之產物，如日本的頹廢派或後來的無賴派？這個問題正正指出，較諸田山花袋或太宰治，郁達夫多了一重濃得化不開的民族主義包袱，而通往此一苦痛的捷徑，正是色情。孔子期望人能像好色一樣好德，難；郁達夫把好色弄得像好德一樣沉重，更是艱苦。他把修身齊家治國平天下的邏輯次序倒過來，以小說呈現家國不修，身體與性的苦悶永遠無法解決。廚川白村在《苦悶的象徵》裏曾提及性慾所帶來『力的突進和跳躍』。郁達夫正是如此一躍，躍出了消沉的表象，露出了反抗的實質。他的『好色』，像建構一個民族國家那樣困難；他的沉淪，有着對『好色』憤憤不平的抗辯，並且始終帶着一股不息的生命力，逆社會之流而上。」

提到郁達夫的《沉淪》以及廚川白村的《苦悶的象徵》，我頓感為難，因這年大裝修，家居雜物書籍大部分裝箱寄存貨倉，那兒距家十二里，腦後可又不忘當年改編的廣播劇；困思未幾又頓時豁然明白，既然我無意為郁達夫的私德辯證，何須翻閱《沉淪》與《苦悶的象徵》。講講郁達夫的文字，講他曾經給我的感覺好了。

同樣是自敘體小說，〈春風沉醉的晚上〉可沒有頹廢色情偷窺自慰，更沒有宿娼。廣播劇無畫面，然可聞細步登樓輕掩户之聲，憑聲之遠近，感覺景深景淺，憑獨白帶出訥訥隱潛的迎拒意識，串連少語的對話無言的納罕，又從對白的隔閡寒暄，感覺疏離的人際關係。如此種種可見諸廣播劇《春風沉醉的晚上》，可自郁達夫如日記的細述，見陰暗斗室內，那伏案翻譯德文短篇的身影，伶仃木椅頹然呆撐虛脫的精神，或滿腦子交纏的思緒；微弱燈光下訴數五個洋錢的稿費，兩塊洋錢應付租金過後，他心底拮据依然。如此種種，都自其文字流露，自錄音轉化了。

可惜當年我沒把劇本留住，電台的錄音恐怕早已失蹤。此刻，不禁回想昔日意念中影像：板間房內房外馬路上聲近或聲渺，夜街上他自語獨行，見迷惘前景他心底惆悵，他踽踽踏影去遠。我又見遙立遠方老牆街燈下，柏油地上喬伊思的倒影。

跟郁達夫一樣，自我放逐的喬伊思回返都柏林，火車的長笛呼嘯掠過灰牆，這愛爾蘭人落寞的身影在牆上習習移形。我翩然有此連想，因其作品《都柏林人》其中一章節，被改編為可公開觀賞的廣播劇，我看呀聽呀滿心雀躍。好色好賢沉淪沉醉與苦悶，如長軌上列車習習去遠，因聞往昔廣播劇氣笛的迴響。

光禿無情的燈泡

我們坐在天台木屋的夜香大缸前面，遙看木寮內那六七個年輕人揮拳拔腿踢打木樁，手腳的力度卻不見得起勁，似要留力以備後用，都目光無神面有菜色。我看着看着，不明白是什麼驅使這些少年來習武，但見他們緊閉嘴，沒有交談。偶然吹過來的夜風，翻起糞缸內沉沉的惡臭，我對着放在眼前的汽水，沒法下嚥。

師母以為我不喜歡汽水，去冰箱那兒拿鮮奶，擁擠的冰箱內有按住寧靜的熱鬧，忙碌的瑣碎動作之後，師母回坐木櫈上，有一答沒一答的讓導演問話，開始她心底的獨白。

為了什麼跟師傅大半生？

「欣賞他的耿直，我也不計較金錢，我是很自然的被動。」她話中流露簡單自然的感情，麻木反而是提問的導演。導演股臀下的木椅有不耐煩的微聲，不着邊際的問一句，他轉頭看揮拳踢腿的少年，仍舊皮肉不相連的拉長臉。

那邊牆角的木板牀上側臥一穿短袴的妙齡少女，托住頭嚼香口膠，勢利地斜眼打量那幾個少年；驀地聞聲她敏感轉身，我循她視線望去，見身穿藍布長褲啞白恤衫的漢子上樓頂來，熟門熟路自牆邊雜物中抽出一張摺起的尼龍牀，三兩下手勢打開牀，骨碌躺下，輾轉反側又翻身再起，臉有難色問師母要白花油。

白花油倒在掌中，伸手進暗啞恤衫，他一個勁的向胸肚搓揉，那躬身曲背的側影，牽強顯露不見盡頭的艱苦生活。

天台與天台的矮牆相隔，木寮與鐵屋毗隣，遠近的雜聲與夜香的狎臭渾成一道；通室通廊的白花油氣味之後，師母大概看穿導演沒誠意在這天台拍電影。怎不問我呢，我心裏嘀咕。她轉過身來，看看枱面看看我，問怎麼不喝兩口鮮奶。我未及反應，她迅即指使一少年下樓去買鮮榨橙汁。我未及喊阻未冒身推椅，少年已瞬即下樓。窄門內的白牆空虛，乍顯天花上的燈泡光禿無情。

我沒有錯

一婦帶着幾個小孩上車，背一個抱一個拖一個。甫踏足車廂，婦人趕緊抓住扶手，又急忙鬆開她拖着的孩子，教他去執生去搵位；孩子方才應聲轉身，車已開動。孩子身不由己的左搖右幌，直覺好玩，咭咭大笑，這使得婦人撞鬼火，喝令孩子不坐穩也得站穩。孩子慌忙撲前抓扶手，不巧跌撞向婦人；這怎麼得了，婦人不由分說抽手，狠狠給他一個巴掌，打得孩子搖搖欲墮，孩子本能的張嘴喊媽。她怎聽見，一個勁的斥罵，看不過眼的中年漢當即冒身起，把扯嗓大哭的孩子拉到他騰出的座位上，反感不已他數落婦人的不是；旁立的女人一橫身大條道理嘖婦人兩句。婦人怎喫得住，沉不住氣喝問孩子：「哭什麼，你哭什麼！我有什麼不對……」才扯高嗓門淚已奪眶出，禁不住嚎哭，婦人訴說不爭氣的孩子使她受盡委屈，擘大的嗓門如迴聲的隧道，將家中男人的臭罵盡情傾訴，如水壩洩洪的聲勢把胸前抱着的孩子嚇得哭了，連背上被孭帶紮住的娃兒也驀地啼聲，交響的哭喊令車廂內眾生錯愕。這情景可能在她家裏經常發生。此刻，婦人生活的壓力，那不盡言表的酸楚，沒有人不感覺到吧。

在靠門的有限空間中，我意識到四周那不由分說務求表現的莫名存在感。

婦人背後孭帶內的啼聲，在在提醒了什麼？

伊莉莎白

有一回她如是憶述：「我無從學師，父親走得太早。我只好赤膊上陣把這差使幹好。」

言間她吐露當日欠自信，又不自覺的將「我」轉為「妳」，猶如在叮囑自己，她訥訥的坦白續言：

「問題是妳得接受這現實。既然來到，只好接納了，就當如這是妳的命運。」

沒絲毫自怨自艾，以實事求是語調，她應允負起對國家國民，以及對家族的責任；二十一歲那年許下的承諾，終其一生她牢牢記守。多年後以矢志不渝的語調她一再申明：

「雖說那是在我青澀之年，在判斷力稚嫩期間許下的承諾，可我至今無悔，亦不收回一個字。」

編者按：英女王依莉沙白二世，一九二六年四月二十一日出生，一九五二年二月六日繼承父親佐治六世皇位，一九五三年六月二日加冕，在位七十年，二零二二年九月八日駕崩。

未能釋懷

二零一九年七月，遊覽英倫三島。在愛爾蘭遇兩陌生人，都關心香港當時情況。我由是敏感，覺老天爺掛臉垂注。我又想，是否因心事未了所以格外敏感？

且說那早晨，藝術學院的角落遇一讀書人，問知我從香港來，他眸光沉轉，關切問：「香港近日還好吧？」見我說不了兩句已咽淚在喉。他趨前伸手輕拍案頭，低勸：「We know，we know。」

兩個月之後的今天我還記得那眼神，猶記那輕拍櫃面的溫文長指。九月，在溫哥華跟張敏儀驀然提起，說時輕描淡寫，然而回到旅舍惆悵獨坐，念那蘊含深意的「we」，終於落淚。

那天也提到一人，因彭定康而愛屋及烏，而對香港今日際遇格外關切的北愛爾蘭人，一位自學堂退休後拿個執照消閒的導遊。我曾在德國葡萄牙聖彼得堡斯德哥爾摩以及緬甸的Bagan，遇見原是教師的導遊，此番在愛爾蘭，特別偶然。

那日陰霾天，他帶我與同船幾位旅客去泡酒看足球。在喝采與咒罵的眾聲喧嘩中，我拿不定主意，猶豫問要我至愛的無冰單麥籽威士忌，又吟哦轉意，要一小杯 Bailey。見侍酒的人面有難色，他爽朗的自動去張羅。際此時，熒屏上一陣衝刺牽扯起渾室的起哄，酒吧長櫃前或坐或站的男女，瞬間乍然屏住氣，緊盯住視頻內行將逆轉的分秒，一個個恍似在既定的框架內凝凍住，以至他把一小杯 Bailey 放置在我跟前，我竟無所覺；他輕碰酒杯祝酒那一下，我懷疑自己，不知何時已氣餒，所以要 Bailey。

熒屏上一腳踢起的哄動令我猛然想起，提聲衝破渾室的吵嚷告訴他，香港冰球隊因十一比二勝了內地球隊而被痛毆。我說的悻然，心在嫣然詛咒。他含笑告知：英國隊與外隊對壘，愛爾蘭人為外隊打氣，英倫那邊從來沒有人哼聲表示不滿。他說那是氣度。我說那是教養，不管社會地位高低持份多少，自卑不自卑，是教養與修養的基本問題。話匣子由是打開；他告訴我彭定康管治北愛期間，致力改組警隊，以及消弭因不同宗教紛爭所引至的積怨。他對彭定康這德政格外有感，只因當時他是被邊緣化的天主教徒。

步行回車，熙來攘往的街上，這個與彭定康未見過面的一介平民，向我透露他去過香港兩次，只因那期間彭定康也在香港。

我抬頭望天，見陰霾吟哦不去，無力感依然，對天無語，他從旁來一句：「放心，不會下雨。」

辛酸

這篇文字以前在《星島日報》的小框框《滋事札》發表之時，題目是〈多桑〉；「多桑」既是電影名字，也是電影主題曲，九十年代我在香港電台的音樂節目《無邊界韻文》不只一次介紹，因為很喜歡很喜歡飾演多桑的蔡振南唱這首歌（註）。

最先挖出來的小塊文章，反而最後交給老編，只因陳韻文一天猛然記得Bob Dylan一首作品跟多桑差不多——申訴懷才不遇遠走他鄉。於是寫他進去，儘管Dylan的歌多幾個層次。他嗓音跟蔡振南一樣滄桑呀。由是划船一樣越划越遠，把百多字的《滋事札》加碼寫到二千一百字。老編絮絮跳喝停——不得超過七百字。我只好飛甩Dylan。多桑呀多桑。

曾受日本教育的台灣人，叫父親做「多桑」。吳念真編劇及導演以之作為這電影的名字，因他要為父親作傳，是他從年幼至成家立室的過程中，令他至感親切的「多桑」。

吳以旁白配合電影畫面，唸唸父子親情，細述家鄉的礦產由式微至停頓，村人日漸離鄉別井，唯多桑咬緊牙關挖煤維生，吳與弟妹陸續外出求學找生活，母親終逼迫多桑放棄老殘的家。多桑在礦洞中幹活三十多年積羅矽肺，退休後好幾年慘受煎熬，眼看無力撐持，支開不願捨棄他的吳念真，結束自己的生命。

《多桑》的主題曲〈流浪之歌〉，句句哼訴歲月磋跎的辛酸，比電影更憾人，原曲作者是日本人古賀政男，飾演多桑的蔡振南後來將《流浪之歌》監製為台語唱片，我特別記得編曲的名字Jiang Ciao Wan，因喜歡他以大提琴牽扯出多桑心底的遺憾，他將文夏曲詞中欲語還休的感慨賦予更深層次，句句隱含時不我與的無奈：～

路行若有東西，人生有光彩，日頭須在天，不時照落唻，
青春得當時，日落緊黃昏，春呀緊過去，秋呀就要來，
風雨襲落身，去處乍無定，要阮刁處去，阮個生命拖磨……

海角天涯，任何偏遠窮鄉都有人如多桑鬱鬱終生；任何國度都有人懷才不遇，因經濟因政治的逆轉而離鄉別井，異地求生日子難過的泊來人多如鴻毛，景況容或有出入，腦後心底各有自勉的叮嚀。

我先前提到 Dylan 那首歌，逆途上，他也有自勉的話：「而我不介意痛苦，不介意大雨傾盆，我知我會堅持下去，因為我相信你。」電影中，多桑彌留時，兒子吳念真攙扶被矽肺折騰的他，一再叮嚀：「抵抗它，撐下去……」

註： http://tinyurl.com/mtutdaex

牢中詠歎

無緣看到那年六月的日環蝕，七月我在臉書貼上當夜幾幀照片，說明是台北夜空。吾友苦笑：「台北人真有福。」書友則留言指這豈只全日蝕（More than a total eclipse）。簡單的兩句感喟，令我自日環蝕影像，見我生長的土地每下愈況，正感懷，一知音驀地傳來韓德爾的清唱劇插曲：《三松的詠歎：全日蝕》（Total Eclipse）。

Samson 這舊約聖經的人物，譯名是「三松」。當時統治以色列的巴勒斯坦人見三松以一人之力能敵百夫，能將廟宇倒塌，深知難以匹敵，遂差使他們的美女 Dalila 去刺探三松，去問他何來神力。為了錢，Dalila 這淫婦果然誘惑三松。本來堅守祕密的他終被其美色所迷，講出是三千長髮令他孔武有力。這就把他害慘了，熟睡中他長髮被剪，眼珠被挖，尋且瑯璫入獄。

三松身陷囹圄的詠歎，眾多版本之中，我獨愛加拿大男高音Jon Vickers一九八五年在西班牙的錄音；因他唱出淒清牢獄中的困惱，沉鬱歌聲令我見他委身黑牢的角落，那如哼吟的痛楚自語，如對穹蒼道出深陷眼窩的洞黑：

「無日無月，火焰中的正午如烏墨，矚不着輝煌的榮耀，目不見可迎歡日的光芒，日月星辰於我，是見不到曙光的夜黑……」

從歌者的吐詞斷句，可感三松的無力與無助。若細讀舊約聖經《民長記》第十六章這段故事，可知三松繫獄期間，因髮重長而力氣復甦，敵人的欺壓更激發其鬥志，使得他奮力破枷鎖，殺敵，終於破牢得自由。

這無疑是勵志故事，此所以收納在圖文並茂的兒童聖經內，讓孩子們分辨是非與善惡。我由是想到一七四二年，韓德爾腦充血痊癒後，乘着其經典《彌賽亞》震懾樂壇的氣勢，創作《三松的詠歎：全日蝕》。韓德爾抓住這正能量題材，緊捉靈感，藉着寫三松獄中令人心酸的喟嘆，申訴昔日腦充血之苦，既激勵自己復元，亦讓人預見那猶如三松出獄的大白天，澈底了悟即使見日全蝕，亦毋須氣餒。與其善感眼前屏障，與其哀嘆被隔絕的陰暗，毋寧牢守心中青山，保住意念中圓環，期冀終將來臨的曙光。

此曲不再

《廣陵散》註乃中國古代十大古曲之一。今人所奏，多由逝於一九六七年的管平湖先生打譜。原譜根據一四二五年明太祖朱元璋之子朱權修編的《神奇祕譜》。

《廣陵散》又名《聶政刺韓相》，全曲敘述戰國時聶政父親為韓王鑄劍，因延誤而被殺。聶政避仇，感韓卿嚴仲子知遇之恩，得以隱於市。聶政奉母至天年，母死後才報仇報恩，殺宰相韓傀，之後自割皮面、抉目、屠腸死。

《廣陵散》之所以聞名，乃在於對嵇康有所認識，魏乃三國魏銍人，竹林七賢之一。愛屋及烏因而對《廣陵散》有所知。嵇康工書畫，善鼓琴。《太平廣記》有類似記載；一夕，嵇康宿洛西，奏琴引調至夜深，忽有客至，似是故人來，二人娓娓細談間，客索琴撫琴，更授嵇康音律絕倫之《廣陵散》。天將亮時分，客人翩然去，嵇康銘記不忘《廣陵散》。

嵇康後來因深信老莊養性導氣之理念，主張保存人之本善，因言論不容於司馬昭，終為司馬昭所害。臨刑，嵇康顧視日影，索琴奏琴，將心事傳廣宇。所奏正是《廣陵散》。當時觀刑人衆，為其琴音所動，不忍見刑而舉目望天，聞音絕，知斧落，憾然聞憤雷。

古今中外，特別於近年，因莫須有之罪被縶獄者不勝枚舉。記七十年代，電台音樂節目中我曾選播兩首古琴音樂，《幽蘭》，以及《廣陵散》；曾將《幽蘭》資料交予胡菊人先生，未幾見刊於明報月刊。因知先生當年常練古琴，獨愛《幽蘭》，亦曾演奏《廣陵散》。幾年前得悉先生因健康欠佳久未撫琴，遂傳一曲《幽蘭》解其望梅之渴。《廣陵散》則有保留，因一位深研以五音對五行調理經脈，又信奉道教之先生告知，《廣陵散》乃古曲中唯一激昂而帶殺伐之氣，有其深層內涵。先生所言不止於此，惜我不才，沒能聽個完全。故在此只放音樂。不敢多言。

註：http://tinyurl.com/7znxy87w

不如看海去

香港近年烏雲密佈，如患重感冒，天連天的相傳，在海外也感染到。一個徹夜無眠的清晨，愁悶離家換一換空氣。附近小園的蜿蜒小路上，遇兩個帶護稚童的褓姆，前面那個推兩座位的幼兒車，後

面那一部車子，坐着三個同齡的小朋友，瞻天望地的展眉亮目，笑顰呈現的童真令人相信這世界美好；道句早安我落坐長條櫈上，正要逗娃兒兩句尋開心，一孩驀地拔出含在唇間的拇指，朝路邊一指，敏感轉身我未瞧清楚，兩個褓姆已帶着哄孩子的語調，squirrels squirrels 唱和着推車去。

望小孩所指方向，見堆在樹腳下的落葉，見樹根枝葉間覓食的小松鼠，沒精打采轉來轉去，全黑毛身啞無光澤，大尾巴屢次要提把勁，可又幾番不得已的頹然垂下，樹腳那邊不知拈起什麼，細嚼，看來味如嚼蠟，果然兩口之後放棄了，小腳百無聊賴的移來移去，一聲不響轉回樹腳下亂葉中。之後無聲，也無動靜。年來贅心的低氣壓此刻是說不出的沉重，一撫裹身軟絨毛衣，我驀然想看海去。

滋事札

出品人　陳韻文
作者　陳韻文
裝幀　楊志豪
編輯　駿馬揚塵編輯委員會
出版及發行　陳湘記圖書有限公司
香港葵涌葵榮路40-44號任合興工業大廈三樓A室
印刷　新設計印刷有限公司
出版日期　二零二四年二月初版
國際書號　9789629322137

Markus Ho 畫作：春天